回看天際

黃淑貞 著

堂前，孔子和伯魚正對話。
堂右，彙石方以智，棱柱圓而神，合捧一束紅色鬱金花香的我們在拍攝結婚照。
簷廊下，是暄和順浴光戲耍跳格子。

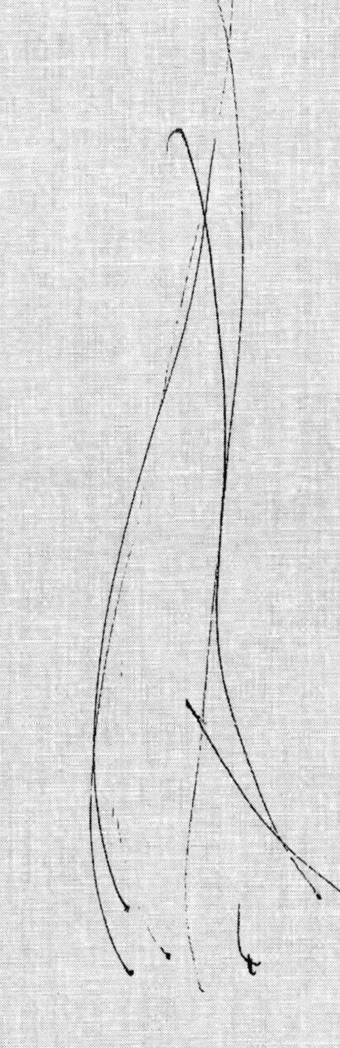

蓮花生大士：由於沒有升起概念心，對遭遇中的各種感知，其本身即是心性的體證。

〔代序〕欸乃一聲，風雨過

我的花蓮居，以中山路爲軸心，自行車拉開弧線，向外不等距輻射而去。王記茶鋪喝珍奶，光南書局買文具，大禹街量制服，中華路試麻糬，濱海路吹吹風，鐵道園區吃拉麵和章魚燒……；再遠一些，是松園、花蓮港、柴魚博物館、七星潭、新城精舍和鯉魚潭。每次經過中山路地下涵洞，第一次到199添購日用品，騎在後頭的順的「媽媽，小心！」的聲音就會跳出來。

十年時空，就這麼轉移。我借由文字，捕捉意念紛飛中的某個浮光。繼而，再三打磨和調整，眞誠貼近每個當下心性自然的流轉。中文方塊字，一個形符是一個語素，調整一個字，等同更換一種意象。意象一變，意境風格也不一樣。本義之外，賦予了某些言外之意和情感色彩。

案牘神思，出入在過去和想像。只要一打開電腦檔案，重讀這些文字，不管當時的心境是窘迫，是狼狽，還是春風，我都爲不同生命狀態的自己而動容。

元

只因虛心接受了陳國鎭老師「工作即修行道場」，生命會在其中撞跌，也會在其中得到啓迪與成全的建議和鼓勵，二〇〇八年八月，離開了蘇州，帶著兩個孩子來到花蓮，重新投入職場。

初抵花蓮的第一年，全部張啓的知覺，敏銳緊張，收攝的意象也特別飽滿。我們坐在空無一物的一八二號十二樓之5的地板，喝牛奶，加科學麵，度過同心圓的第一個夜晚。不遠處，狗吠笛鳴，此落彼起，響徹花蓮大半個暗夜。夜暗無風，我醒著，爲無法安眠的孩子，搧涼。次日，踩著家樂福新買的自行車，尋找就讀的校舍，不懂鄉野小路，結果誤入全是墳頭的太倉公墓。

暄選擇住校後，順和我搬到了一八〇號十四樓之5。備全新的課，又負責承辦東方文化學術研討會等系務，清晨七點準時進研究室（腳踏車一滑進人社院校門口，我和順就開始猜，今天是我們還是社工系純寬師父，先走上2C棟二樓的樓梯），晚上十點關門，成爲每天例行的公式。寫完慈小課業的順，等我等到在研究室地板睡著，也是常有的風景。

隨後，幾番穿過中山路涵洞到199。買鐘，爲慘白的壁，淡掃一筆胭脂的紅；添籃，爲寂寞的洗臉台，補上生活運轉的所需，奮力攔阻占據整屋子的荒寂。夜闌時，當孤獨和恐懼包圍全部，咚咚咚的心跳成爲蒼茫天地間唯一的聲音，才豁然醒悟，讓人掙脫舒適圈投身異域的最後一哩路，往往不是理智，而是任性、莽撞和無知。而從懊悔、困頓、挫折、不安又不甘等等千百種汁液裡，危顫顫挺立起來的勇敢和獨立，會爲生命累積厚度。有了厚度有了彈性，生命才學會存養尊重、悲憫和寬容。這一切的一切，都需要付出代價去換取。

幸運的是，暄、順、阿公，以及兩個月回一次台灣的鴻銘，我們一起在這裡，擁有彼此的親情。

亨

慈濟十年（二〇一五年留職停薪赴UBC研究訪問），深受證嚴上人的精神感動，秉持「做我該做、做我能做、做我想做」的原則，研究、教學、服務。

從事語文教學與創作，推動東語系與詩刊報紙建立作品發表平台。《花蓮青年》主編賴秀美，《乾坤詩刊》主編紫鵑，《東方報》記者簡東源，都是深度合作的伙伴。連結花蓮在地藝文團體，一起摛一塊布，爲我們喜愛的那首詩，「布」成一片詩地。結合詩學修辭學，用聲音表情及發聲技巧，二〇一〇年起，在太平洋詩歌節朗讀席慕蓉〈契丹的玫瑰〉和〈有人問我草原的價值〉、希臘詩人維斯托尼提斯〈傳記〉，爲吳晟、白靈、鄭炯明讀一行詩，偕紫鵑玩小詩工作室，錄製詩的聲音裝置……。二〇一六年，「古典／新韻：洄瀾詩歌多語交響」主場活動，更連結洄瀾詩社、新加坡和日本詩人，展開多樣性的詩歌互動，以日語、客語、河洛語、漢語，或吟或彈或唱，重新詮釋日據時期花蓮日人俳句、陳黎〈蔥〉、李白〈將進酒〉、楊牧〈帶你回花蓮〉、花蓮在地古典詩人駱香林的詩。

松濤，海韻，太平洋。這就是文學的花蓮。

邀請專家學者課堂助講，也是常事。詩人葉日松、向陽、陳黎、紫鵑、張寶云、鄭智仁、胡續冬，小說家鍾文音，散文家王威智，空中攝影家邱上林，石雕家林忠石，舞蹈家朱星朗，音樂家林心智，花青主編賴秀美……，東華大學陳添球教授，還有德簡書院王鎮華老師。我曾數過，這本散文集裡有近十篇文章，都和王老師有關，也總覺得我們是靈魂上的老朋友；尤其左腦顳葉出血性中風、語言能力幾乎喪失以後，不知爲何，我就是知道王老師想說什麼。

十五度擔任學生自主讀書會指導老師，導讀專書，指導撰寫發表詩文評論，獲選為教學優良教師、優良導師、服務學習優良教師。帶領學生校外藝文參訪，尋求文化局及藝文團體協助，合辦慶修院文學書寫活動。規模雖小，但我把它辦得很公開很正式。也指導學生參加校內外文學徵文比賽，承辦七屆慈大文學獎，邀請作家擔任評審。二〇一七年，依欣、昱萱經過兩個月的訓練，從花蓮搭火車到台南參加全國大專國語文競賽。度小月吃擔仔麵，林百貨逛神社、吃豆花、拍畢業照，再搭計程車送她們回飯店，度過一個美好的夜晚。喜獲朗讀組優良獎、作文組第一名、團體精進獎第二名，我們又訂了娜路彎酒店，一起到初鹿牧場吃鮮奶酪，鐵花村聽唱歌……

回看這些用心走過的腳步，他人眼中的小事，也會煥發生命的光彩。

中學執教九年後，考上台灣師大第一屆教學碩士班，一九九九年，重回母系深造。興致好，讀書勤，對學術猶有想像。碩一修習陳滿銘老師開設的四書專題研究，起了想要以辭章學為理論核心，援引傳統哲學美學豐厚深化合院空間意涵的念頭，故而撰寫〈試探合院建築中的德觀思想〉一文。鴻銘和兩個讀幼兒園的孩子，還特地陪我到林安泰古厝拍攝幻燈片。可惜那次期末報告太緊張，表現很不理想。陳老師卻點出其中可貴的學術創新性，給予極高肯定。約莫緣於此，後來才有了撰寫科技部計畫，在台灣建築學會《建築學報》、台灣師大《國文學報》《中國學術年刊》《師大學報》、台灣大學《臺大文史哲學報》《建築與城鄉研究學報》、台灣藝術大學《藝術學報》等一級期刊發表相關論文，以及出版《辭章章法四大律》、《篇章對比與調和結構論》、《建築美學：合院「多、二、一（0）」結構研究》、《以石傳情：談廟宇石雕意象及其美感》等等專書的後續因緣。也因此，向陳老師報告文獻蒐集及研讀遇到的困難，成為每月定期的討論。有時是在浦城街我已忘了名字的小餐館，大部分是在泰順街爾雅書謦一庭，邊吃飯，邊請益，邊釋疑。若遇見國文系所老師也來此用餐，起身行禮後，陳老師會為我介紹這位老師的專長是什麼、那位老師的專長是什麼。印象最鮮明的，是遇見杜忠誥老師。杜老師聽完陳老師對我的讚譽，欣贈我一幅好字。

利

神思裡閃現的人和事，讀書的咖啡館、多福豆花店、森林飯館、蓮花豆漿主題館、**7-11**櫥窗、陳老師、王老師和師母……，很多都已收入光陰的盒子。一如五月十六日，鴻銘出差蘇州處理金融相關業務，自二〇一九疫情封鎖後的再次踏上風雨記憶，物非人亦非。二〇〇五年，我和背著羽球拍的順一起走過的塔園路，而今高樓林立。當時，高新區第一座商業大樓綠寶廣場正在興建，我們居住的外商小區格林花園，還聽得見施工引擎，夏季的大潤發家樂福也擠滿來吹冷氣的移工。又如，昨晚動手拆下貼了六年的川詠山照片牆，原本會咬掉牆面油漆的膠帶也都風化了，一拉就下來。

到了花蓮以後，才開始學習如何獨處，如何對話自己和天地，諦聽心靜下來的聲音。我喜歡騎車經過林森路（老文教區，一本書店還沒來）、博愛街（九重葛花牆和一路花草）、或民國路（有喜歡的老房子和小吃），喜歡散步明禮路、大同街、節約街、復興街、南京街、上海街（好禮生活的牛肉麵和家居設計），喜歡時光二手書屋、璞石咖啡、時光1939，喜歡再上去的將軍府和松園。老巷弄裡散發的微光，最美。

有一次，鴻銘在後火車站租了摩托車，想來個二十啷噹歲的出遊，首站就是時光1939享用鮮蔬活力早餐。窗外的南洋杉，王老師說它不說話，不給人壓迫感。有一次，我和暄到文創園區午後散步，發現飄移在生活縫隙中的驚喜，發現長長簷廊後的木窗，貼的是《聽見下雨的聲音》電影海報，腦袋裡浮起來的，也是時光1939，而且是從庭院走過，回望有榻榻米有邊窗那小間的畫面。

王威智策畫的文化部「五種觀看花蓮的方式系列叢書」新書座談會，邀我主持，也是時光1939喝口茶後，再走去南菲咖啡。愛喝咖啡的老花蓮人，大都認識南菲咖啡的吳姐。元亨書院曾在這棟日式小木屋辦了一系列講座，我負責「傳統建築美學」四個場次。有時也會過來這裡，剝幾顆生咖啡豆皮吃，聽吳姐說她小時候牽著瞎眼阿嬤，翻過甲仙山嶺到台南高雄爲人卜文王八卦，樸素莊稼人回報以雞以米的故事。

想吹太平洋的風，又沒帶駕照，就租一部比自行車快不了多少的電瓶車，大同街、民國路、明禮路轉一圈後，駛離193線南濱公路，遇見匯合木瓜溪的花蓮溪溪水奔海而去。然後右轉台11線，讓太平洋枕靠在我的左肩。爲了眺望旅客中心觀景樓前面的海天遼遠，電瓶車在上坡路段耗光了電，停下來，在鹽寮公廁充電。天色暗了，最後一部遊覽車也離開了，風很大，海很深，臨時投宿「魚兒想家」，繼續充電。是在這裡，我學會不讓無關無益的訊息占據感覺，學會讓心「空」出來，勇敢觀看那個非預期的慌、亂、甚至是怕的感覺，而不是輕易用轉移注意力的方式來模糊過去。

貞

我把這些，化爲「如旅」、「花繁」、「情鍾」、「息生」等文字來紀念。我很感恩懿德媽媽們，以一襲素清藍袍，承載上人千手千眼的佛志，舵以慈，舵以智，陪伴東語系的孩子，走過介仁校區欒樹花開時節那顆蠢動的青春，走過美崙溪畔濟慈路上那股飄揚的丰神，安兮宜兮來到此岸的菩提。每個四年裡，見他們漸於干，漸於磐；也漸於陸，漸於木；終而漸於陵，懷藏有笑有淚的雪泥爪印，將漸於天上雲路。天上雲路，有飄風，有春日。祝願你我，人間愉快，善自守護。

我很感恩證嚴上人創建慈濟這個平台。平台默默，十年耕耘。而今回看，快慢皆一瞬。就如同人在臨終時，會迴光，會返顧，然後從中學習成長成全，他日回首，我也會記取，佐倉大山下，美崙溪畔，我曾在這兒度過十個春與秋。

二〇一六年九月自英屬哥倫比亞大學回來復職後，我就有離開職場的念頭，也利用兩三年時間，練習放下，轉身。本來預計1072學期就辦理退休，但沒留神，超過送出簽陳的時限。人貴善逝，也尊重學校行政流程及系上課務安排，故而又多留了一個學期，二〇二〇年二月一日，正式離開教職。感恩麗修院長夫婦十月三日在我最喜歡的王記茶鋪中山店的慰留成全之情。《圓覺經》講，菩薩「由起幻故，便能內發大悲輕安」。介仁校區的欒樹，年年由黃而金，由金而褐，由褐而化爲塵化爲土。在這裡，我受過好意，也受過傷。現今，回頭一望，種種心痕，皆如佐倉大山山上的嵐霧，起了又幻。而唯有大悲輕安，才有美和善。就像我在高雄文藻大學發表論文〈辭章學閱讀策略之理論與實踐——以鄭愁予二詩爲例〉時，初識的詩人林明理邀我到她美麗的家小住。秉燭長談，擬我靜如蓮，動如水鹿，作〈水蓮〉以贈：

以簡／而婉約／歌頌，在水一方／又回到沉思的外貌
而陽光／用心地點描
只有一經晨露了，才在／瞻仰的青空裡跟著／喜悅和凝望
而漂泊的我／也感悟自己的微小

也像改編自莫言《白狗秋千架》的電影《暖》，拍片場景選址江西婺源，中國最美麗的古徽州小村莊，文化氛圍自然景觀好，離現世也遠，一種詩經白茅時代特有的乾淨。我從中看見了這麼多年來，被我遺忘的，最簡單的純眞。

二〇一一年初訪德簡書院，王鎭華老師題贈的生命講座「回看天際下中流」，出自柳宗元詩句，王老師常用來形容中道生命。我也很喜歡，就以此爲篇名、書名。乾坤的孩子，不忘本；德道的大人，眞性情。這是《易經》上的話。〈復・彖〉：「復，其見天地之心乎。」〈大壯・彖〉：「正大而天地之情可見矣。」我眞心覺得，一切都是佛菩薩最好的安排。

一〇八年十二月六日初稿
一一二年五月十七日二修

目次

輯二　花繁

輯三　情鍾

輯四 息生

輯一・如旅

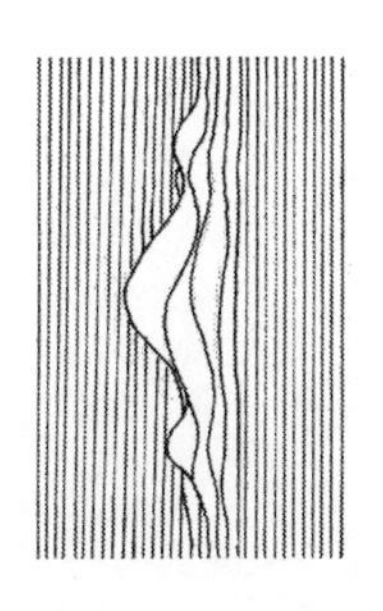

01

初識達固湖灣

這山邊小學院的靜，

偏屬於綠。

有層次，有時序。

而且，詩性濃淡合宜。

剛到花蓮時，和暄、順認得如何回同心圓的第一條路，就是達固湖灣大路。開始還不知其名，三部腳踏車在上坡路段的奮力踩踏，倒是鐫得人的心，份外清明。後來由於推廣系務的緣故，和位於德興棒球場旁的花蓮縣教育處一位覃督學有所往來，在彼此交換的名片裡，才第一次讀到這個美麗而深沉的名字。

達固湖灣，撒奇萊雅族族語的直譯，意指水澤中凸起的高地。代代撒奇萊雅族族長帶領甫行成年祭的族人，沿美崙溪、美崙山及吉安溪種下一圈又一圈的刺竹，構築出入天地的所居，竹窩宛，達固湖灣部落。

加禮宛事件後，受清軍炮擊而流散的少數族人，不願他鄉漂離，潛回了美崙溪對岸，茄苳林的植被地。日治時期，日人改以和「櫻花」同音的「佐倉」爲新聚落命名。民國後，佐倉之名，和撒固兒部落、國福社區共存，貝森朵芙莊園購藏的編號25克林姆鋼琴，也隱身在那附近。

國福大橋左前方，奇萊亞文化館及酒莊的建築樣式，聽說就是仿擬撒奇萊雅族酋長的冠帽。酒莊四周，桑林環繞，和正後方的港天宮，比鄰美崙溪，是我和寫作課及文化課學生的戶外參訪地。陳館長熱情招待的小米酒和桑葚酒，白醇紫酣，曾帶引我們的味蕾閱讀意想之外的原民風情。

族群、主權和文化，一次又一次的衝撞，鋪墊成達固湖灣的底蘊。站在這兒，望著對岸被嵐暈了邊緣的山翠，明白究竟的人，會不知如何超然。

暄住進慈中校舍以後，往來這條路的，就只剩我和順了。

選擇在佐倉大山下、美崙溪畔這座沉靜的小學院教書的前一年，本是同鴻銘吐納於蘇州園林。只因一念之故，就把自己和孩子投入了台灣後山，濱太平洋的島嶼邊緣。面對的，又由原本熟悉的中學生轉爲大學生，所以在環境適應上，透著許多的新與生。早起晚歸，演化爲我和順的必然。

達固湖灣所啣起的濟慈路、中山路一段和同心圓宿舍，也依勢畫出了初來花蓮時，和我們最親近的地文。

中山路，不豐腴，也不瘦弱。它像一根硬挺的扁擔，扎扎實實荷擔著那頭的太平洋和這頭的中央山脈餘襟。扁擔中間凸起的弧線一段，左拐接連達固湖灣大路。對久未以自行車代步的人而言，這根本就是單薄的體力和西高東沉的地形的奮戰歷程。及至下了課，依自然的力勢，由此端的山，滑向彼端的海，才稍稍覺出御風而行的暢快。

如是，夜往晨來。我們和花蓮締結了最初始的動脈。

對花蓮有名的山風海雨按下的第一顆鋼印，也是在達固湖灣。靠海，雨水本就多；近山，水氣更是重。常常車行一半，雨就來了。待和雨共行到國慶里土地公廟時，地面竟是乾的。有時，明明朗透了的下午，晚來竟淅淅瀝瀝了起來。有時，一長串雨後的晌午方晴，稍稍靠近暮之邊緣時，雨又來了。而最可惱的，是涔涔終日不絕。所以我們的車籃裡，總隨時備存著傘和雨衣。

近冬以後，風也跟著來。有時近午，大多出現在黃昏。花蓮的風，蓄有豐富的表情。大塊噫氣，掃過萬竅而來的怒吼，細聽，翏翏遠近各不同。撞擊在同心圓一八〇號14樓後陽台門板上的那聲那響，第一次聽聞，人的夢，也明顯透著不安穩。

與瑞光禪寺住持見心法師，即結緣於花蓮的風。只承載七人的遠東小飛機，從台北一路顛簸到落地花蓮的那一刻，故而提領行李時，我們望入彼此的眼神裡，一同讀到了某種形式的劫後餘生。

這樣的風，要時日久了，熟習了它的音階變化，才不再那麼驚惶。

有無風雨，達固湖灣一帶都很美。它擁有因美崙溪而存有的綠色長堤。日暮春晴，蒲公英黃鵪菜兔兒草，菊黃一地。我常來這裡散步，梳理混沌。到了假日，河濱便是壘球隊棒球隊的競賽場地。賽球累了，他們就恣意徜臥在綠堤。

只可惜佇立河堤的人，老觸摸不到溪水秀媚的呼吸。源自七腳川山的美崙溪，流到國福里國慶里一帶時，幾乎是丟下整個河床遠遁了，唯留白石纍纍，袒露大小不一的肚子在日頭裡。

朝也黃牛，暮也黃牛的，反倒是對岸的山，重重疊疊到不知名的盡頭。入夜後，它會和著水氣，積成一道氤氳的墨。白日，則調染陽光，或凝或澹或鷩或肥或慘。因此，這山邊小學院的靜，偏屬於綠。有層次，有時序。而且，詩性濃淡合宜。

夜夜日日，順和我，騎在達固湖灣大路。我們一同迎來花蓮的風，花蓮的雨，還有在花蓮的第一個中秋節。那個月亮，好清，好明。

直至三個月後，發現了另一條秘徑，我們才慢慢駛離這條固定的線形。

一〇一年三月廿四日

02

比墳而行

陽光下，

南洋杉的疏影，

就搖曳在涼亭小小圓圓的粉色藍色磁磚裡，

和陽世合院建築的堂與庭遙相呼應。

須菩提！於意云何？菩薩莊嚴佛土不？不也。世尊！何以故？莊嚴佛土者，即非莊嚴，是名莊嚴。

同心圓一八〇號一牆之隔外，就是太倉第一公墓。一顆顆的墳頭，頂著鬱鬱青絲，隨伺在左在後。我們剛入住的第一個夜，潮濕，悶熱，救護車的警笛聲和狗吠聲，此起彼落，響徹大半個花蓮，直至天明。

緊挨在寅時雞鳴後的，是皇龍寺早課後的頌缽聲。只聞其聲不見其影時，疏疏宕宕，頗富古音古剎的意象，又如清泉澮澮，洗過終夜驚緊的心。等到後來開始了每日的比墳而行，仰見好鄉野的泥塑將本應如翼斯飛的反脊，彆扭地封存在力道不足的繁複雕飾裡，我選擇靜默的從鐵皮屋身後滑行而過，存全一點點想像，以答謝它曾安定溫暖了初來花蓮時的惶惶的心。

第二天，我們三人一騎上家樂福新買的單車，就去尋找秋華師姐在14樓陽台遙指的那一條穿過太倉公墓到介仁校區和慈中小校舍的青青小路。原本以爲在台北老巷弄廝混了十幾年，摸索這等小路應該不是問題，哪知單車沿著同心圓外牆右轉右轉再右轉後，面對綠竹籠覆的第一個岔口，就做了迷心的選擇，三部單車直接撞入亡者的國度，纍纍的墳區。經過兩位村老的熱心指路及一連串拐彎後，不可置信的，竟又轉回了原地——同心圓警衛室。

我們只好打消抄取捷徑的念頭，暫時遠離圓心，改取較大弧度外的達固湖灣大路。直到與這塊土地一同呼吸了三個月，才開始這每日死生一回的行旅。

初始，是每晨的六點四十分，和慈小六年級的順，自同心圓B1泊車處啓行。順升上慈中後，分針又自動向前挪移了兩個刻度，隊伍中，加入了也移居來花蓮的阿公。三部單車，是靜止空間裡的三個點，點一流動，立即和處於實與實之間的虛，連成一條線。實點與實點之間的空白，也隨著二年級的順、三年級的順的身高變化，愈拉愈長……最後，演成順一人獨行在前，半小時或一個小時後，另外的實點才慢慢出現，出現在這條穿越陰陽的邊際線。

單車出了同心圓，右彎中央校區學生往來寢室與課堂之間的天橋，原本盤據在野性麵包樹旁的桂竹叢，不知何故被主人斬除了，只剩剛性的火龍果以肉身在鐵圍籬上孤寂書寫。

再過去，是紫藤、月桃、阿勃勒和欒樹，依著節氣報時。

這一座採洗石子工法飾其外牆的學府很年輕，卻終年沉浸在修行的色調裡，散溢著禪定的灰。只有每年9月10月欒樹花開的季節，蝶黃卵黃槐黃藤黃金黃，一朵一朵散開來，整個校園才見幾許紅塵。

我最愛的還有月桃。薑科的月桃，全株可用可食，5月粽香飄時，會燦爛在皇龍寺後方的紅磚牆邊。那是莊敬路魷魚羹麵老闆的農舍。他八十幾歲的老媽媽，每個清晨都很質樸的在那兒和我們互道早安。月桃圓錐狀的大脣瓣乳白色花，一朵獨看，形似小時候餵養的鴨子，俗名鴨母花。我愛此名更甚於月桃，因爲它會連結到童年，和阿媽到山裡撿木柴的一小段溫馨時光。

放車再前行，會遇見兩棵老榕。榕樹的枝葉繁密，最易聚陰，長在這兒，恰好有社樹的象徵意味。

再過去，放耕了兩三畝大的紫玉米田，阿公曾買過幾根回家煮給我們吃。早些時候，田中央還豎了一根稻草人。稻草人雖然套上了紅衣，但它和黃春明沿著蘭陽鐵道地景遍插的稻草人，其味很不同。黃春明的那個紅，紅得很童心。點在這塊玉米田中的孤單的紅，日晴時，視野遠近皆明，尚有守護莊稼的正向作用；但由於我們經過的時刻，大都是蒙昧未清的晨陰，濕氣冽，氛圍凝，它常放漾一種魅惑。因爲在其後，眞正進入了太倉第一公墓。

這一帶，本是撒奇萊雅族的領域。清代以來，花蓮又有幾次小型的島內移民，閩南、客家、外省和原民共同居息在這塊土地，同時也留存了日治時期日本移民的餘音。生前，他們散居在縱谷，在平野，在山麓。現在，全聚攏到了這裡。

閩南式，客家式，基督式，長老式，等等墳墓形式，無論榮枯，各領一小方天地。子孫賢孝富裕些的，會爲陰宅再築個露台或涼亭，徹底落實事死如事生的儒訓。像離萬應祠不遠的地方，就有好幾座墳修得頗爲雅致。陽光下，南洋杉的疏影，就搖曳在涼亭小小圓圓的粉色藍色磁磚裡，和陽世合院建築的堂與庭遙相呼應。也有年久荒蕪或剛撿完骨的，碑石崩裂，陶甕棄置（以致於每回課堂上提及唐三彩時，總會怪異的聯想到此），把曾經隆起的土丘還給了天地，只留下牽牛花，挺著藍紫，蘼蘼迎向晨曦。

而我們，也放輪在懸山式、四坡式、平頂式、斜坡式的陰宅邊際，和同樣騎著單車趕早自習的自強國中和四維高中的學生們在此交會，然後右彎介林九街、建民街，分抵介仁街76及67號。

人會眷戀舊居，成了魂魄以後，是否也依然如此？

關於魂魄什麼的，我一向癡信。儘管往來不知幾回了，卻始終不敢直視刻在墓碑上的文字。但又不自覺地想像自己在撫觸每塊石碑，細讀石碑上三兩行就寫完的故事……

墳叢裡，同時收藏了竹雞、珠頸斑鳩及許多不知名的鳥的聲形，成爲比墳而行者最有意味的回贈。沒有課的日子，待在靜寂的14樓校閱書稿，仍可清楚聽見高亮的「雞狗乖」和沉緩的「咕咕咕——咕」在唱嗚。

太倉公墓，就這麼沃野在美崙溪、介仁街和同心圓之際。

風去，雨來。月缺，又圓。朝朝暮暮，我們貼著這條18分鐘長的小路，往來在陰間與陽世。

二〇二一年八月十一日

03

我們在松下寫詩

部首為餌，

眼睛垂釣著那個失音的字，

沙沙的海潮聲在指間迴盪。

驀然，頁碼抽動，字——上鉤。

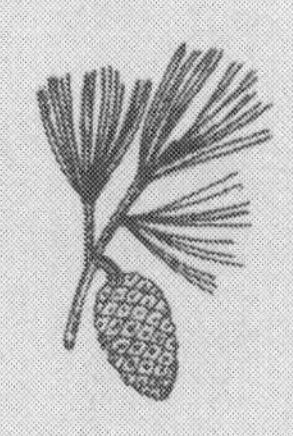

剛剛晚餐的小方間，在管管、白靈、陳黎、顧彬等詩人陸續移往「太平洋詩歌之夜」戶外場地後，旋即空幽了下來。

唯我獨守，靜候一則手機簡訊。

此季，不是松子落的時節。廊檐內外，耳朵裡只聽得見蹦蹦蹦跳的呼吸。呼吸裡，全是這個下午，我們一起讀詩朗詩的回音。

這個下午，吳晟、鄭炯明、白靈和我們東語系詩選課三十餘位學生及喜愛藝文的花蓮市民，在藤垂著綠的松園別館二樓，對話「腳底泥土香：親近詩人，親近土地」的現代詩聲，揭開了二〇一三太平洋詩歌節的序幕。同時段，另有修辭學課二十餘位學生，同紫鵑和建州在小木屋「以詩之名」圖繪一本手工的詩冊。

十一月的午後陽光，自有松針條紋設計的木桁架結構天窗，灑下細細圓圓的溫度，和著〈面對米勒〉、〈一個詩人的死〉、〈邀屈原到大成濕地賞油桐花〉、〈爲了美．致席慕容〉的琅琅詩聲，風濤在這座磚木鋼筋混凝土的簡樸建築，風濤在走廊外琉球松松幹上顯明的縱裂皴紋，風濤在曙光橋下美崙溪溪水吐納的花蓮港灣，再洄瀾太平洋風吹入二樓的木窗。

二樓的木條窗櫺，「當然是藍藍地藍藍地孔雀藍一般的舞著舞著」。百年琉球松以枝條，蒼蒼髯髯在其上，書寫一首宋代畫冊的詩。

風騷的年代畢竟遠了。而今，詩所提供的可以興可以觀可以群的力度，漸漸隱微。爲了氤氳詩思詩情詩趣到學生朝夕俯仰的校園，今年增添了前導的「走讀花蓮」、「與課本詩人面對面」等系列活動。我們東語系承接的是詩人向陽的場次。除了審慎安排聯繫事宜，學生們也自組了「航向詩的國度」、「閱讀向陽」兩個讀書會，閱讀《向陽詩選》、《十行集》、《向陽集》等詩集，預擬了向詩人提問的十七道題目，表達最隆重的歡迎；並採擷「親像鏡同款的溪仔水」爲首行詩句，創作一首詩，朗讀於講座會場，帶給詩人許多驚喜。末了，我們齊誦〈阿爹的飯包〉、〈阿母的頭鬘〉這兩首詩，令欒樹蒴果柬紅了初秋的介仁校區，暖暖的，暖暖的，舒開在河洛語的澤光裡。

我一直相信，生命是因爲彼此的成全而美麗，所以總是儘量周全事情，不太理會旁人是何種猜疑。就像以前執教中學時，只是見到了不同領域之間的深層連結，心想若能浮凸這一條連結的絲線，讓新的關係從新的可能性中生成，那麼就可以把校園內外的資源延展得更深更遠，因而和幾個伙伴完成了藝術家駐校計畫，完成了教案設計創新。就像初到花蓮時，帶領學生從文學角度書寫吉安慶修院，撥打的第一通電話，就是邀請平生素昧的陳黎來擔任評審。又像此次，爲了讓前導活動「詩的聲音裝置」推展得更暢順，特地挑一個沒有課的星期四上午，前來松園，點一杯有松針意味的焦糖瑪奇朵，和曼玲、世潔細談合作的事宜。

那個傍午，松院靜，檐影深。日式的黑瓦，攔截了頭頂琉球松松針的青春絮語。「穿越藤蔓的縫隙／青苔凝結了一顆顆水珠」，襯得垂脊和瓦當上的苔痕，絕俗得如同花蓮慈濟醫院所有電視牆第三頻道定時播放的詩句。

「他們是黑色的，前方一座島嶼於天光線照射下反射出微微的亮」。

晚會開始了，傳來越南新移民和衝浪詩人吟唱的樂音。我在前頭的廊道，獨自行來行去。

廊道的盡頭，牆柱等直立界面和屋檐圍合成一幅取景框。夜色雖然冥漠了琉球松灰褐翹曲的紋理和神風特攻隊的傳說，松意象的清、俊、逸的本質，依舊宜詩宜詞。而且，不論是作爲本體或喻體，泠泠幽韻，都可興起一種遐遠的禪境。

何以解帶？唯有松風和詩。所以，管管的〈花蓮海岸聽琴人〉：「花蓮某一個海邊，有月光無風有浪，夏之夜晚，花蓮的海喲，彈奏的是管平湖的古琴。」切切不可「無風」。

松風騷然，眠在松下的人，才可以幽夢長。

躺臥松樹底下的，唐代有詩人賈島，宋代有詩僧清順，二〇一〇年有余光中，二〇一一年有向陽和汪啓疆，二〇一二年有鄭愁予，二〇一三年有楊牧，以及今天下午的「一行詩workshop」、「腳底泥土香」。

爲了這個下午，我們先在課堂上習作一行詩及十五行內的小詩，再發揮創意書寫於各式媒材。當兩部遊覽車將六十餘位學生送進了松園，從最初始的聆聽者，終也可以分得一點小空隙，站起來爲自己朗讀「部首爲餌，眼睛垂釣著那個失音的字，沙沙的海潮聲在指間迴盪。驀然，頁碼抽動，字——上鉤。」（古芸瑄〈辭海〉）、「鮮紅之血，滴在純白的馬克杯中，暈染著一室的茶濃。」（張學友〈紅茶〉）、「誰？在黎明的魚肚白，敲響了一地的靜默。」（王映順〈晨鐘〉）等等詩句。

透著些微的青澀，但眞誠的重量，一點也不卑微。吳晟稱讚他們優秀，建州形容他們良善，紫鵑說他們有教養。鄭炯明以〈誤會〉中的詩句，「用另一種角度／來瞭解這世界」，說明要用腳用生命在土地上寫詩。白靈則鼓勵他們好好記下思維歷程中，每一個意象挪移的腳步，因爲那都是構成一首詩的元素……

善於健忘的學生，終於傳來安抵校園的簡訊。

我也終可安心。坐下來，聽政大書城李先生談在這個讀者日漸移轉身影的時局如何推展購書，聽供應今晚餐點的老闆娘談她閱讀陳黎《想像花蓮》一書時的心情。然後，諦聽詩人管管、陳育虹在夜空下的朗讀。

「2013年太平洋詩歌節」等幾個大大的白色字體，就倒映在水池裡。方塘，綠草，蟲唧。仰頭但見兩棵老松的枝椏，連向了前年詩人汪啓疆站在我現在所坐的位子，朗讀〈面具〉時的感心。

二〇二一年十一月十一日

補記：

引號中的詩句，引自二〇一三年太平洋詩歌節與會詩人管管〈台灣的海叫藍藍藍藍是個女孩〉、陳義芝〈寂靜凝聽〉、白靈〈黑潮〉。這些詩及其他，同時也是東語系學生所錄製，在松園別館及慈濟醫院定時播放的「詩的聲音裝置」的詩句。往者未已，二〇一四太平洋詩歌節已繼。

04

記得王記人文茶室

雨來時，

點點打在葉面，

屋裡用餐的人，

頗有「雨聲只在小池東」的意興。

花蓮的王記茶鋪，有兩處。

挾一雙夾腳拖混跡於花蓮地景的陳黎，常應邀來松園別館讀詩朗詩及開設一行詩工作坊的紫鵑和一干文友，喜歡餐聚於開張不久的明心店。地緣之故，我最常逗留的，反而是種有三株白梅的中山店。

仿清水模的兩層樓建築，混搭中西元素，視覺純淨度雖嫌不足，但木質傢俱的溫實感，隔一段時日就會汰換的鮮花（雖然品質偶有鬆動的意向），加上隔中有透的槅扇、方柱、月洞門和實體的牆，把空間分隔成幾個不同的區塊，一同爲這商業氣息分外活絡的茶室，傾注了幾小壺的清新。

人，站在茶室大門口，無論向左或向右，和佐倉步道、花蓮老市區皆保有單車適宜的長度。王記茶鋪自然而然，就承接了偶而想從介仁校區及同心圓宿舍等日常空間溢出來時的心情。

我最常出現的位子，隨晝晚晦明及思緒而不同。

一是緊臨走道及流理台這一排桌椅的7號或8號位子。坐在這裡，夏晴時，可以欣賞中庭的樹，水，和錦鱗，還有因房檐伸出來而形成的陰影。這陰影，介乎內與外之間，是建築賜予大地的一個灰、一種美，兼具心理的精神的審美的諸多功能。只要一碗簡單有味的南洋酸辣麵，神思就可以沿著玻璃窗外的三十來竿綠竹，揚向天際，想像黃崗竹樓、想像永州山林，也是一樣的竹光野色。

夜雨疏疏時，雨打在窗外方塘一鑑。矮石柱裡湧出來的水注，泠泠不繫人間朝暮。它和空氣中常常飄浮著的麻辣火鍋的花椒味，緩緩的舒逸，可以暫撫獨居在此的人的思緒。

二是大門右轉的1號桌。1號桌緊臨包覆客家紅花布的方柱，方柱後是一棵槭樹，人爲空間因此而有了戶外自然氣息的滲透。樹枝上高低垂吊著紅燈籠及一鳥籠的啾鳴，爲清陰室內接引了稍許的陽餘，同時也消融了居家風水中有關「困」字的疑慮。

夏季申酉時分，一行斜暉會透玻璃門而來，足印桌面。富詩意的，是雨夜闌珊。坐在1號桌望出去，視線穿過雨腳夜色，穿過蕩著熒熒燈火的水池，池中方墩，墩中的雞蛋花樹，延展至陶作坊綠滿窗前的燭光昏黃，帶來生理上及心靈上的律動，形成詩意性的層次空間。

這是隨著視距視域的推移變化而新生的另一種方塘內院。六七坪大的矩形空間，完整，單一，最適宜帶一卷唐詩宋詞或茶經，來此夜讀。

左邊及前方牆面，掛了「荷」及「混沌」兩幅字。猜想寫字的人，原本是企圖用墨色和線條，直接寫意江南文人園林，可惜水暈過頭。有一次，德簡書院王鎮華老師應邀來人社院，講座後我們在此茶飲。見了這兩幅字，王老師點評其猶帶匠運的煙火氣，並詢問在座其他三人的意見。我的回答是「我取其意」。取其字雖不佳，卻仍願意在商業空間懸掛人文的那個附庸之意。

畢竟人要俗得雅，不容易。

我常坐的第三個位子，是入了茶鋪大門，直走到最深處，月洞門後的一隅。窗外一個閑情小院，有蛛網糾纏的青松一株，靜鎖滿庭的幽綠。它屬於絕句小品。有一次，我們就是揀定緊靠這小院的14號桌，邀請王老師及師母享用附有庭園意味的早餐。

中國建築裡，要求靜謐，不受外界干擾，私密性較強的空間處理，大都以「圍」爲主。建築的兩面或三面爲實體的牆所環繞，中圍一小院，向大自然裁剪一小片天地貼入家裡。雖不甚精準，王記茶鋪仍保留了這一個建築意。師母很欣然的樓上樓下院內院外，轉了個遍。

小院裡，爬牆虎蕪亂了三圍的牆，還蔓及特意延伸出來的假檐廊。雖然有些雜，但還好，還不致於妨礙視線及心理流轉在這個小而有層次的封閉性空間。晨光，松影。陶甕口，銅錢草油亮得逼人。小烏龜爬上了紅磚道，靜靜曝晒晨光。

建築人，沁潤儒學經典三十餘年，王老師以人的身體爲喻，喻一座會呼吸的建築，就是一個有機整體。王老師說，如果這個區塊的室內建材，可以再減去一些多餘的元素（比如天花板的鋪設壓低了高度，突顯鐵柱子的冗餘）；如果假檐廊旁邊依傍著實牆的海棠門，冷硬的直線可以拉開來成爲弧形，那麼這個空間就可以蘊蓄更生動的氣韻。

在此轉了九十度彎的溝渠，叢生了綠滋滋的鐵線蕨和姑婆芋。雨來時，點點打在葉面，屋裡用餐的人，頗有「雨聲只在小池東」的意興。雨不來時，鐵線蕨鐵褐色的枝條，是披麻皴解索皴，引領木質屏風前的蓮蓬爐的爐煙，線描宋代文人畫冊裡的扇形江南。

邀友人來課堂助講，這裡常是我宴請的廳堂。學生自主讀書會時，搖身為研討的議會。校閱三民書局《精編活用辭典》條文時，又成了中繼書房。點一壺金萱、普洱或滇紅，佐以小圓餅干，坐下來，等閒就是大半個夜晚。

有幾次陪桓順看完夜間皮膚門診，行經這裡，我們也會停下來，共享一份王記炸豆腐、一杯珍珠奶茶，再騎車回去。放長假時，從台北回來洽公或處理事務，也是以此作為聯繫、過渡、緩衝、轉入的逗點。

這人文茶室，頗似中國傳統建築裡介於室內與室外、有與無之間的廊或亭，扮演了我在花蓮這塊土地活動時的中介。它成為一種呼吸，調節著從一個空間轉換到另一個空間的節奏。

同時，留給靈魂一段空白。

二〇二二年八月一日

補記：

王鎮華老師談「空間・言行・文化」，指空間與環境，最重要的是空間組織和自然氣息，人始得以藏焉修焉息焉游焉。二〇七年七月，重新裝修重新開張的王記茶鋪中山店，落地玻璃的設計和活用，打開了二樓臨青松小院的視線。改植楓樹的戶外中庭，也搭起了遮雨棚，建構介乎內外的空間，供有心人在此散步。它離我理想中的人文茶室，算是又貼近了一步。

05

中繼書房

《少年Pi的奇幻之旅》最迴瀾的時候，
這間咖啡屋
及其中每一個意識的流動，
就是我的太平洋。

圖書一室。香暖垂簾密。花滿翠壺熏研席。睡覺滿窗晴日。　手寒不了殘棋。篝香細勘唐碑。無酒無詩情緒，欲梅欲雪天時。

宋・周晉〈清平樂〉

品茗書棋，慵懶詩酒，又有氤氳上騰的篝香，從五根的知覺感受提升到心靈境界，向內，細膩，深微。這種平淡寧靜的垂簾書齋，是許多文人理想的書房生活。

無奈，我的書房及其周旁，多了一位公公一位婆婆，而且都退了休。自己實在無法也無能排解公婆如何朝夕安然相處的百年公案，只能被動的養成了白日裡隱遁於這家咖啡小屋續航閱讀和書寫的生活基模。

身心可以安然落足下來，讀幾行書寫幾行字的理想定點，很難一敲即中。初始，士林劍潭這一帶不同質感的咖啡屋，我都一一親臨過。然而，終究或因不勝人情的殷勤探問，或因毗鄰傳統市場健身中心的沸沸嘈嘈，或因比肩捷運站口溢出來的人群而廢棄。

單車在這一帶的主要路口踟踟躕躕幾回後，離承德橋不遠的這家咖啡屋，店門前雖然裝設了路線不甚熱門的五支公車站站牌，非絕幽的平日也不會太囂然，離家又只有幾分鐘的路程。自此，沒有課的日子，足落這個定性空間，出入壺裡乾坤的虛構與眞實，成爲家屋和職場兩個端點之間的中繼書房。

中繼以一點虛靜，讓靈魂可以在此陰陽消息。

它宛若清院本上河圖開卷處，某株垂柳底下的一塊清蔭，或酒旗兒高颺的臨河小酒肆。點一杯不加糖不加奶精的咖啡，晾晾心，神馳對岸的風景。

如是多年。我在圓山親山步道旁、基隆河右岸老社區的這間城市書房，和一篇又一篇未發表的、將發表的、已發表的論文，朗潤神思。

初始，是想要從周易典籍的彖傳爻辭裡，尋出和宇宙萬有所形成的兩兩相對的關係相應的邏輯結構，探討傳統建築二元對待空間語法原則的哲理，刊登台大城鄉建築研究所的學報。前跨一步的，是把這二元對待結構落實到傳統民居的「內」和「外」，探討它如何滿足安全、私密、禮制等層次性需求，如何引導人趨向於內省以尋求生命的安頓，然後把這一口在院落式建築堂內庭外汲得的天光，流瀉於台灣建築學會的建築學報。再足伸最早作爲空間分隔設施，有阻隔、障蔽、別內外、寄託精神世界等作用的簾意象，探討它高捲斜捲低垂的存在狀態，簾窺「隔」中透出來的形色光影和細膩幽微的情思，娟娟吐輝在台大文史哲學報。

朋友們驚詫於這樣的研究領域，驚詫於文學根柢裡長出來的空間美學的花朵。

或許是前世今世交相砥礪的澤光吧！我在建築裡尋找意義，也試圖創造意義，然後賦予它「新」的意義。有了意義，建築才能連結起生命，才能被感知，最終成爲具有生命和溫度的空間。

我在這間咖啡屋固定的小角落，小方桌，依循安東尼亞斯德《建築詩學：設計理論》所指出的觀點，令詩歌文學和空間元素進行直接的視覺詮釋，甚至讓建築擺脫了靜態的直譯，直接轉移到哲學美學和空間環境、整體要素的抽象交流，進行一種動態的闡釋。闡釋的過程中，幾度離席，幾度走訪濱江路上儒雅方正的林安泰古厝，直接對話建築詩學的場域；再回到這裡，援引「多、二、一（0）」及篇章結構理論，重新詮釋合院建築這一個空間母語，研鑄成升等的專書。

徐冰回顧展在台北市立美術館策展時，走讀了他的天地小書。最後，也是坐回這間咖啡屋，興味於他爲何這樣那樣截取觀看世界的角度，興味於作品背後的故事，甚於作品形式本身。而他的回顧展感言也寫得透徹傳神：「在工作室中處理一個型，是銳一點還是鈍一點，是選這塊材料還是那塊材料，所有這些細節的決定，都是由你這個人的性格、修爲、敏銳度所左右的。如果你著急成功，型的處理或作品的尺寸就會過份一點；你要是想通過藝術，向世人炫耀或掩蓋一點什麼，都會被作品顯露無疑。這是藝術唯有的眞實，也是我們對藝術信賴的依據。」

就好似高行健在回顧他的寫作經歷：「文學首先誕生於作者自我滿足的需要，有無社會效應則是作品完成之後的事。」再說，「文學史上不少傳世不朽的大作，作家生前都未曾得以發表，如果不在寫作之時，從中就已得到對自己的確認，又如何寫得下去？」所以，文學「只是純然個人的事情，一番觀察，一種對經驗的回顧，一些臆想和種種感受，某種心態的表達，兼以對思考的滿足」。

所以，我入，我出。出入在個人聲音的書寫，出入在劍潭橋下鱗光熠熠的蛟龍傳說。一如羅曼・羅蘭和余秋雨所堅持，爲自己保留一間最深靜最隱蔽的「單房」，展開一種純粹而孤立的創造。

如果把複數的日常過程合併到意念展現的形式之中，再讓時間解壓縮，那麼拉開這中繼書房的捲軸，就可以目睹一個歷程，一個基隆河畔老社區作息的流動。

巳時前，孩子上學去了的婆婆媽媽，剛退伍還未上崗的澀澀青年，中道失了業的惶惑中年，退了休的悠悠老人，一個一個坐進來，翻翻報紙，等待下一個可能泊岸的碼頭。

午時，一小叢一小叢筆直走進來用餐的，大都是年輕初階的工程師和業務員，嘹亮點數公司文化、職場錦囊和人際糾葛。兩三個家族相約到這兒互道農曆年後的恭喜，或男女雙方人馬對坐的相親，那是久久才能出現一次的珍稀。

午時已過、酉時未屆的主題最多元。等著上補習班的母子，爬完郊山的老夫婦，投資房產的醫師及其友群，回覆截稿的文字記者，賣保險的，賣靈骨塔的，傳銷營養保健食品的，仲介中古屋預售屋的，各以不同的專業語彙，在此會聚接力。談工作，談生活，談如何致富，如何理財，如何養生。

我以想像，逡巡走進來的每一種聲音。

大部分時候，它們多化爲這條幅空間的底色，只有少數圖景會浮凸出來成爲知覺的焦點。

比如，時尚幹練的女經理以此爲臨時辦公室，電話聯繫安排新進員工召募的事宜。傳銷美容保養品的幾個女生，在鄰桌桌面鋪排大大小小的瓶罐，洗手試新妝，其氣其容和其色很吸眼睛。懷抱遠方的女孩，渴望從工作壓力出走的男孩，退下職場的後期中年，同以背包客的身份在這兒舉行尼泊爾行前說明會，其神和其夢也特別勾引耳朵傾聽。有一次，更遇見鄰居吳太太成了紅娘，居間撮合雙方家長意見，締結一門姻緣。

倡言哲思知覺現象本質的梅洛龐蒂明言，人本來就無法離開自身「處境」去尋找眞理。因爲我們雖然身處物理的空間環境，每一個人所獲得的體驗，從來就不是客觀的單純的物理性空間，而是隨著境況和我們的身體一同發生變動。當我們將認知拉回到最本原的意向狀態，作一種不同於日常巡視的深度認識，「身體」也由此被引入了存在探索的核心。

探索每一個走進咖啡屋來的身體，就是一個實存的Being；探索霍爾的移動城堡每轉動一扇門戶，就幻現的或清新或世故或酸澀或暖爐的生命故事。

最甜蜜的，是處於咸卦狀態的年輕戀侶共汲一杯冷飲。

頗莊嚴的，是教會團契爲需要保守的姐妹禱告的聲音。

好神奇的，是穿唐裝的老先生以道地的河洛語，談修眞，論堪輿。

最具生命力的，則屬歐巴桑群。

某個黃昏，她們來了，團坐在前方的紅色沙發專區。其中，修剪指甲爲業的人，唧唧呱呱高談年初五趕場開工收了紅包三個；哪個客人不喜歡刮腳皮；哪個客人有潔癖，自備修手修腳的兩套工具，卻喜歡養毛茸茸的狗兒子；好想吃哪個客人家裡的柚子，但不敢開口，只好很忍耐的看著它逐日爛去。

不自憐不自傷的話語系統，滲透出女性經濟自主的意識，很博人尊敬。但我又暗自警惕，以後無論如何絕對不可以輕易出示手足給人修理。不然，撞見了關於自己的手足的緋言緋語，我肯定會尷尬得不知如何處理。尤其惕心的是，她在時，手帕之交們一致義憤的附和，等她前腳剛離開去趕開第四場工，立即七嘴八舌起來：她家是做什麼的？衣服怎麼不扎整齊，褲管一短一長……

無論古典或現代，諷諭小說的評點，也沒有這麼辣辛。

陪我這樣一坐就近乎朝暮的，有時是鴻銘、暄或順。有時是準備學測的中學生，視此為市立圖書館，佔據了所有桌子隨即神隱。有時是青春洋溢的衛理女中的學生，結伴討論如何書寫計畫如何申請國外讀書。也偶見中年男女，長日佇此流連臉書、電動或連續劇。

雲端化的時代，眞是撫四海於一瞬，觀古今於須臾。指一彈，想要的圖書和文獻迅疾躍現小小的螢幕介面。經由語文的自動轉譯，雖不中亦不遠的交流著不同島域不同國境的文化於虛擬。

《少年Pi的奇幻之旅》最洄瀾的時候，這間咖啡屋及其中每一個意識的流動，就是我的太平洋。小方桌爲孤舟，彈指爲桂棹，然後釣取我的神思我的研究。

鳥去鳥來山色裡，人歌人哭水聲中。

我在津渡，閱讀這些來來去去，閱讀身體與其交會當下所生發的感覺和溫度，形成一種自我的邊界。提煉、濃縮、重組自己的壺中天地，重新界定、建立我與知識體系與世界的關係。與外在世界的互動，也因此而可能。

期間，曾隨鴻銘暫徙蘇州一年，在獅山山腳下，蘇州樂園、Hotel One旁的上島咖啡騰挪一隅，接續我在承德橋前這椽咖啡屋的思路，完成《發現，校園空間》這本書，記錄中學執教最後兩年和王昱玲等人推動公共裝置藝術扎根校園的腳步。其後，婆婆離了世，兩個孩子和公公隨我的工作移居後山花蓮，有一棵松樹和一缸銅錢草的王記茶鋪中山店，繼之爲蝸居中央山脈餘襟美崙溪畔的廳堂兼書房。又其後，兩個孩子陸續選擇就讀台北的高中，鴻銘也以蘇州子公司的身份，回台併購母公司的土城廠。

於是，我又慢慢坐回了這中繼書房，沒有垂簾沒有花滿翠壺的定性角落，以一杯不加糖不加奶精的原味咖啡，量測身體圖式（body schema）每一個潛隱的意向，量測被「他者」的意識和「我」的視域所導出的美學想像。

一〇三年二月十二日

06

馬尼拉華語教學去

「普度眾生，即非普度眾生，

是名普度眾生」。

菩薩無言又無語的背後，

實是一種很深的平等心。

「104菲華校聯暑期師資講習會」講座教師團隊一行六人，四月十二日從桃園機場出發，抵達馬尼拉，隨即展開爲期三週，針對幼教組、小學組及中學組等海外僑校華語教師所規劃的創新性多元性課程。

課程設計因地而制宜

我負責的是中學組。菲華校聯推行華語文教育已有百年歷史，參加中學組的研習學員大都是已有二三十年教學資歷的資深華語文教師，更有不少是在華文學校擔任十年以上行政職的主任及校長，因此對於來自台灣的講師自有不同的期待。我曾任職中學十餘年，多次獲得教育部創新教案設計特優等獎項，現今也在大學負責華語學程，算是兼備了中學教學經驗及華語文專業知能，接受僑委會海外講座敦聘，教授華語正音、教案編寫、創意教學及寫作等課程；再因應馬尼拉教學現場，調整教學內容，令理論實作兼具，眞實貼近來自不同學校、不同背景的當地華文教師的需求。

首日，原本安排在第一堂的華語正音課，經過這個長官那個校長致詞、這個介紹那個宣導的開幕儀式後，時間所剩無幾。所幸中學組的研習對象既是資深華語教師，簡要溫習相關理論後，再進行因發音部位相近或發音方法相類而易生混淆的字音的識別練習即可。

教案編寫部分，除了挑選僑委會菲律賓版新編華語課文〈台灣童玩〉，作爲實務與示範演練的主要教材，爲豐富教學內涵，有效連結寫作教學，也事先在台灣請老姐幫忙網購了竹蜻蜓、毽子、陀螺、扯鈴等台灣童玩作爲教具。如此，即可由課文延伸設計相關活動，訓練口語及書面表達力。

例如，可將課文中涉及的幾個重要主題，以合作學習模式，分組分工蒐集資料後上台分享。再來，動手製作簡易型的毽子，並舉行踢毽子比賽，選出踢最多次的、最合作的、最爆笑的、最有創意的個人或團體。然後，經由學習單一系列題目的導引，把這些過程及心情，全化爲寫作的素材，進而統合爲一篇有物有序的文章。

由於到了馬尼拉以後，才發現中學華文教師的年齡層偏高。原本爲引導寫作而設計的踢毽子比賽，基於安全考量，調整遊戲規則，改足踢爲手打。

若把〈台灣童玩〉這篇文章的結構加以分析，就可以對它的安排布局得到更明確的掌握，進而學習。同時，請學員選一個「曾經」陪伴自己成長、「曾經」陪伴自己度過生命中一段美好時光的「童玩」，將它的來源、特徵，還有和它一起發生過最難以忘懷的事及心情，一一紀錄下來。再以「我的□□」爲主題，將自己蒐集到的材料，訂一個適當的題目，並依據「先目（分）後凡（合）」的結構，寫成一篇二百字左右的短文。

講師更可以以馬尼拉當地的校園、街景、傳統市場、shopping mall（我都是趁外出午餐的空檔拍攝蒐集）等等，作爲引導聽說讀寫作的素材，設計教學活動，活潑化，有趣化，又不脫離當地的教學現況，華文教師也可從不同的視角，省視自己所處的環境和資源，反而會有很不一樣的效果。

近年來，馬尼拉華文程度低落太快，大部分中學生已經很難寫出三百字左右的短文。所以，我又現場設計了以敘事、有無、表態、判斷、準判斷等五種基本句型爲骨幹，逐步添加時間（如：朝午黃昏夜）、空間（如：高低左右前後遠近）、氣候（如：陰晴晝晦風霜雨雪）、五感（視聽味觸嗅心）等等修飾語或補充成分的造句法，令原本貧瘠的單句，慢慢拉長爲有肌理文采的複句，有效觸發學習興味，減低學生因思竭而產生的索然。

以動畫短片撞擊語文創新

馬尼拉華人思維較傳統，所以對創新思維的教學設計十分感興趣，反應相當好。

創新必來自創意。然而，創意若連結不到更大或更深的觀點，留給學生的，終究只是短暫而缺乏整體缺乏深度的印象。因此，在創意教學部分，我挑選了片長約二十分鐘的動畫短片《三個和尚》為教材，鎖定華語文的三大能力，設計相關教學活動，引導學員如何激活觀察、記憶、聯想、想像、思維等一般能力，訓練詞彙、修辭、語法、章法與主旨、風格等專業能力，進而設計延伸討論題目，提升整體的寫作力。

《三個和尚》敘述的是身穿紅、藍、橘僧服的矮、高、胖三個和尚，發生了一段十分逗趣而且發人深省的故事。全片雖無言又無語，僅藉由配樂達成鋪展情節、渲染氣氛的效果，然若設計得宜，很適宜取來作教材，引導學員用心觀察每一個角色的細微變化。甚至，可以把班級經營、青少年心理等議題，也融入教學活動，一舉而數得。

這次參加研習的教師，以中正學院、靈惠學院、聖公會等大型學校為主。其中，靈惠學院的師資素質最齊，但受到的挑戰也最大。第二天下課後，幾位學員特地走過來握手致意，說他們自己要學習的地方還很多，說原來運用得宜，影片也可以撞擊心理。從台灣分發來此實習的一位年輕女老師告訴我，剛剛前來致意的女教師，可是學校裡最難搞、發言最辛辣的。

菲華中學的李校長，也來參加中學組的研習。她對僑委會的課程安排提出許多意見，還現場要求可否融入文化課程。

我既接受僑委會海外華語教師培訓的任務，自是盡力滿足學員的需求。於是，運用意象學理論，舉《三個和尚》爲例，以點擊面，帶他們找出每個意象背後蘊含的文化意。

《三個和尚》這部影片，創作靈感來自民間流傳甚廣的俗諺：「一個和尚挑水吃，兩個和尚抬水吃，三個和尚……。」而俗諺或歇後語，是流行於社會大眾間的口頭語，裡頭常含有顛撲不破的眞理、嬉笑怒罵的機智，以及面對無可奈何人生的自我嘲弄。導演特意運用「藏詞」手法，只講出俗語中的一部分用詞，卻藏起某部分詞彙，與讀者捉迷藏，令讀者尋找作者的用心，並享受發現作者眞意後的喜悅。

漢語裡的數詞，很多時候並非實指，而是虛數。最常見的虛數詞，就是「三」。以「三」表「多」的觀念，淵源久遠。如：「長」、「老」、「首」、「眉」、「子」等甲骨文，以三條線表多數的毛髮；《易經》八卦以三條線組成，象徵宇宙萬事萬物……。「三」既象徵「多」，矮、高、胖「三」種身型，即象徵所有人類身型；紅、藍、黃爲色彩三原色，可調配千萬種色彩，是所有人性的概括。此種藝術美學法則，正運用以邇見遠、以偏概全的象徵性；而人人皆存有「自私」本性的寓意，也不言可喻。

對劇情推展具有穿針引線功能的老鼠，是由「先例」推演而來，再經個人詮釋、社會情境潤飾，演變成眾所熟知的「慣例符號」。如《詩經・召南・行露》：「誰謂鼠無牙，何以穿我墉」、白居易〈凶宅〉：「風雨壞簷隙，蛇鼠穿牆墉」等詩句中的老鼠，皆脫離不了潛伏、鬼祟、猥瑣等形象。於是，影片中老鼠的每一次出現，皆引發人性中種種負面情緒。加上導演這個「作者」的「個人詮釋」，又爲老鼠這一個早已被讀者所熟知的慣例符號添上一層新裝，賦以人類「自私」天性的象徵義，使得流動在其間的「所指」，極力挑戰讀者的解讀能力。因此，當和尙們超越了「我相」，超越了「自私」天性，合力撲滅「無明」之火時，也正是老鼠第四度出現被怒吼革除時。

至於手持淨瓶、柳枝，聞聲救苦的觀世音菩薩，是慈悲的化身。但在影片中，爲何只端居佛案，靜觀鼠輩橫行、和尚嗔癡愚？

《金剛經》記載，當佛世尊在舍衛國祇樹給孤獨園，長老須菩提問如何「調伏其心」時，佛世尊之所以再三答以「所言一切法者，即非一切法，是故名一切法」、「三十二相，即是非相，是名三十二相」等「A，即非A，是名A」的句式，其意在點悟眾生，「凡所有相，皆是虛妄；若見諸相非相，即見如來」。一如「善」與「惡」，雖似相對，但一念覺明，即可「叩其兩端」而入菩提。

因此，導演試圖藉由靜觀人事變化的菩薩來呈顯：人若想要健全、成熟、超越「老鼠」所象徵的無明、自私、計較，以「見出」本自具有的本明、菩提心、如來，有賴於人之「覺性」的自我醒覺；而喚醒「覺性」的主動權，又操在人自己手中，即使是佛菩薩也不能侵犯這一「主動權」。以此之故，「菩薩，即非菩薩，是名菩薩」，「普度眾生，即非普度眾生，是名普度眾生」。菩薩無言又無語的背後，實是一種很深的平等心。

但人又要如何喚醒「覺性」？佛家以爲首要尊重自己的天性，然後於成熟、健全「我相」的過程中，轉化貪、嗔、癡、慢、妒等負面思維，以達離我相、超越我相的修行目標。換言之，修行的第一步，即是自我承擔；也唯有當三個和尚願負起全責，找回對生命的承諾，能力自然發揮出來，通過火災的考驗，並合力解決取水問題。

因果、時間及空間，是構成敘事的三大因素；其中，又以「因果」爲核心。一個故事，皆由一個狀況開始，然後依據「因果」關係模式引起一系列變化，最後產生一個新的狀況，給該敘事一個結局。整體而言，《三個和尚》就是形成「先因後果」結構。「因」紅衣和尚掛單寺廟（原因一），藍衣和尚（原因二）、黃（橘）衣和尚也掛單寺廟（原因三），皆不肯挑水，「結果」引發一場火災，三人才發現合作的重要。

無論主意象、副意象、或裝飾性意象，始終滲透著作者深沉的思想、情感，成爲每部電影的敘事元素。所以，導演進行創作時，就是在創造一部「語言詞典」。

仰頭觀看「鳥雀」被絆倒的紅衣和尚爲「小烏龜」翻身，藍衣和尚以一朵「粉紅小花」引開「蝴蝶」，黃（橘）衣和尚放「魚」入「河」。影片透過三個和尚與意象群的細微互動，說明人本自具足的善性。在電影動作美學中，往上飛揚的畫面，暗示心靈想像的升騰，予人欣喜、展望、躍升之感。深山藏古寺，古寺是供奉神佛的屋舍，也是修行的道場，和尚「望山」入「寺」喝「水」的情節安排，自是合理。

有意味的是，古寺也是事件發生的處所。爲解決高山飲水問題，「木桶」、「扁擔」、「水缸」衍爲民生必需品，無人挑水時，這些必需品自然閑置一旁。老鼠啃咬「神案」上高燃的「燭火」，火勢蔓延「布簾」，爲古寺失火的原因。光線的明暗變化，也具有濃厚的象徵意，故火災發生時，營幕是黑墨渲染而成。三個和尚因一場「火」悟覺合作的重要，甚而創新發想，以「滾輪」等工具解決供水問題。

就這樣，我用一部二十分鐘不到的影片，兼顧學理和活潑的教學設計，滿足需求，達成任務。因爲「意象」具有符號的一切特性，而自足性、模糊性或不確定性等特性，又構成意象的多義性，賦予它豐沛的文化能量。

當地華文教師面臨的困境

三個研習場次，以靈惠學院場次的教師素質最齊，平均年齡也最高。六十幾歲，在這裡，猶屬力壯。有些教師都已快八十了，還堅守在教學崗位。雖說「壯心未已」的精神令人感佩，但在教學現場，他們面對的，可是一群近四十位、十三至十六歲的青少年。

這群血氣方剛的青少年，因第一性徵、第二性徵逐漸發育接近成熟狀態，對於快速的生理發展和性成熟，卻又未做好心理準備，所以容易焦慮不安；認知發展也進入新階段，出現青少年特有的自我中心現象；和父母師長的關係緊張，渴望被同儕團體肯定接納；行爲表現常常兩極化，相當隨性，也很衝動，容易與人起衝突……

因此，連行走皆需倚杖的華文教師，再想怎麼創新、怎麼改變，也難敵歲月無情。更何況，教英文相關科目的教師，年齡在二十初、三十幾，更多了以菲律賓語作爲和學生溝通的語言優勢，中英、老少兩相對照，更凸顯了此地華文教師的困境。

關於華文教師年齡高的問題，我曾親自請益靈惠學院陳宏濤院長及夫人。陳院長表示，他們也深知師資老化，但苦於找不到可教中學組的新進教師，以致七八十歲的華文教師仍得堅守崗位。（經濟因素，教師本身繼續任教的意願也高。）為解決華文師資不足的問題，當地有所謂的「志願者計畫」、「1＋2＋1計畫」，但都是和大陸各大學合作，可惜台灣到目前尚未提出因應之道。

這幾年，馬尼拉的華文教育環境急遽變化，家長社經地位、學生自主性提高，開始干預學校行政、教室管理。英文為官方語言，菲律賓語為日常語，學生學習華語的意願日漸低落，程度也急速下滑，對華文老師的尊重大不如前。

當地華文師資為華僑第二或第三代、早期到菲經商的台商太太、來自廣東福建廈門等地的移民，年齡層偏高，教學觀念、教學方法傳統，難以跟上學生心理及時代改變。種種因素，造成學習成效不彰，進而也影響班級經營及教室常規的管理。所以華語老師們對如何管理好上課秩序，如何有效班級管理產生集體的焦慮，如何了解青少年心理，變成他們最迫切的課題。尤以新進教師及年齡七十歲以上的教師最受困擾。她們說，每堂課皆要耗費二十幾分鐘管理秩序。

此次只安排一個半小時，遠遠不足。所以，在寫給僑委會的報告書中，我強烈建議僑委會，可邀請台灣心理諮商、輔導相關領域的專業教師（具中學教學經驗者，最理想），舉辦「班級經營」、「青少年心理」短期工作坊，帶領此地華文教師如何認識青少年心理，如何經營班級常規。

因爲，一地有一地的文化，以及文化形成背後的諸多因素。純理論的傳輸，其實無法滿足當地教師的需求，唯有引導此地華文教師，要把著力的方向轉回自己本身，改變自己的心態，提升自己的專業能力，才能贏得尊重，解決根本的問題。

時代在改變，教學現場在改變，師生關係也在改變。我們無法也無能攔阻。生命的成長，只能分享，無法替代。當芸芸眾生未覺醒前，菩薩也只能等待；而等待，是一種很深很深的尊重與愛。教育是可能，不是萬能。老師最重要的工作，就是愛、支持與包容。在心中點一盞燈（種下一顆種子），有燈就有人。這，是教育最重要的根本。所以，收回伸出去的那一隻指責的手，把心擺正，回過頭來問問自己：我還可以做些什麼？

一如王鎮華老師講解《易經》蒙卦時指出：教育啓蒙，要通，要重視自主心的自動自發。他需要時，全誠以告，跟你再三褻瀆的玩，就不理他（也不罵他）。要正心告以正道，要尊重他生命成長的節奏，不是權威、不是填鴨。要如初六的「發蒙」，只利身教，若喜歡刑罰處置，長此下去束手無策。又如九二「包蒙」，懂得包容生命整體的醞釀開展，即道，即吉。

最後，我以《The Giving Tree》繪本，送給仍堅守在教學崗位的每一位老師。

台灣海外華語教學的困境

好慢也好快，三個星期就這麼過去。每日戰戰兢兢，總算不負此心，不負此行。

來參加研習的學員，除了教華語的老師，也有教數學、電腦的老師，只因爲是華人，就被學校派來研習。由於他們在課堂上是以福建話進行教學，本身的華語口語表達能力不佳，雖然專注學習，但都不敢發言。也因爲他們並非華語文相關科系出身，不具備華語文專業背景，因此很考驗授課講師臨場調整內容難易度的應變力。甚至還有學員當場提出「如何把數學融入華語教學」的請求。

下課時，也會來聊聊他們正面臨的問題。

比如，教華文成語、文化的綜合課，即將取消。因爲很多家長向校長反應，他們的孩子學了十年華語，仍然開不了口，讀不了華文報紙。台灣的替代役男一定要堅持講華語，不可順應學生改以英文授課，不然，就失去了華語教學的原意。

比如，台灣僑委會的課本，題材老舊，難以引起學生的學習興趣，也對歷來的菲華校聯研習課程提出建言：看似很多，實則花拳繡腿；每樣都沾一點，根本無法深入。菲華中學李校長特別強調，她曾語重心長的和僑委會負責人懇談兩個小時，可惜沒有後續。近年來，大陸極力拉攏，漢語拼音、簡體字逐漸成爲馬尼拉華語教學的主流。面對學習成效不彰、家長壓力、學校生存等問題，便有校長直接表明，決定捨僑委會而改用新加坡或大陸出版的課本。

僑委會輔導的教學示範點，台灣灌注的教育資源最多，但教師來參加研習的意願反而不高。反倒是資源分配最少的離島教師很珍惜，連續參加了三個場次、不同組別的研習課程，還問可否增加離島或偏鄉場次。

此外，更有學員反應，以往中學組授課講師常把教學重心，放在字卡圖卡的製作、團康帶動唱，他們覺得這些無法有效提升華語文的專業能力。所以，擔任講座的講師，要有能力將學理融入課程設計，淺出深入，真實貼近當地華語教師的需求。僑委會則要有一批種子講師，透過定期培訓，交流傳承海外華語教學的經驗，眞正了解當地現況。就像這次，靈惠學院中學組老師才剛花一整年的時間，完成整套教案編寫，他們怎會有興致再來參加教案編寫的研習？

又如，大溫哥華地區的華語老師，百分之九十五在台灣接受大學教育，隨先生技術移民或出國深造而留下來，教育程度、社經背景都好，和馬尼拉完全不一樣。這類訊息，若能在出國門之前就充分掌握，定能敦促種子講師在心理及教材上，事前做好最完善的準備。

要從溫哥華回來的晚上，和當地華人吃飯。席間，有人問：「孔子學院的上課通知來了，要不要去？」有人答：「政治宣傳的意味太濃，不想去。」我就在想，如果，有一天，孔子學院很大氣的把政治宣傳的部份抽掉，讓文化還給文化，到了那一天，台灣的優勢在哪裡？

餘韻

十一月下旬，僑委會楊小姐來電，聯繫菲華校聯暑期師資講習檢討會議的日期，訂在十二月八日。我有些話想說，故而排開了其他行程，準時赴會。

可惜，出席長官沒有事先翻閱各組在七月就繳交的結案報告，而是讓八個組別把結案報告的內容再講一遍。我好幾次快坐不住，才等到最後三十分鐘的建議時間，趕緊爭取第一個發言。

我說，僑委會花了這麼多人力物力財力，在東南亞在海外華人圈經營了這麼長的時間，應該很有經驗，知道要把重點擺在檢討和對策。若可以事先把各組的結案報告所提出來的問題和建議，彙整成幾道討論議題，寄給參加會議的長官和講師，如此就能真正發揮開會檢討的效益。

發言有沒有用？人馬派系、政黨意識，角力不斷，所以我不敢深究。會後，邱凡芸老師要回金門，我們一起搭計程車到松山機場。計程車內，司機先生水養了一枝百合，總算爲整個沉悶的下午注入一股清新。

馬尼拉的馬卡蒂商圈，雖然號稱是亞洲曼哈頓，繁華程度一點也不輸台北信義區，但百姓的生活條件依然刻苦。我們入住學生宿舍的當天，窗型冷氣機是現場裝上去的。因爲放假了，怕學生偷走。房門，沒有門把沒有喇叭鎖，只留下一個孔洞，理由同樣是怕學生偷走。

兩位女老師同住都覺得小的空間，學校主任說平時可是住了六至八位的男中學生。浴室裡，沒有熱水，沒有蓮蓬頭。水籠頭旁邊，倒是有水桶和勺子。爲我們這些貴賓而鋪的床單，一下水，全是黑的。

雨季的四月，天氣仍然是躁心的悶，躁心的熱。還好，我們發明一些自娛的法子，廚房櫥櫃的把手當晾床單的掛鉤，張開的雨傘當晾衣架。還好，同寢的凡芸老師很虔誠的向上帝祈禱，讓此行順利；台北教育大學的張于忻老師無私分享，如何製作簡易有趣的教具，如何採買便宜好用的教材。還好，馬尼拉聖奧古斯丁教堂擁有瑰麗的彩繪玻璃，門前有華人贈送的開口母獅子……

這些，和每日午餐校方貼心準備的椰子汁一樣，成爲此行華語講習，清心涼的記憶。

二〇一四年十二月十五日

07

因知而見有感

學建築的或是讀中國文化的，

對於樸素非常重視，

因為樸素

簡直就是生命力的根源。

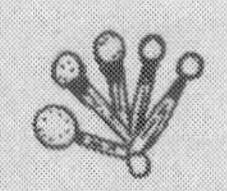

L君邀我參加她主辦的兩日CHUCK工作坊。她是我在溫哥華認識的第一個朋友，生活諸多細節深受照拂，自是欣然答應。

長期花蓮幽居，又少有參加工作坊的經驗，不明白應對的深淺，結果是課程一開始，就自陷於泥腳又泥心的境地。

其一，是與姓名有關。西方社會人人習慣以英文名字相稱，我卻執意以自己的中文姓名爲開頭，較眞的細述自己如何面對菜市仔一般俗又聳的名字，如何從中看到自己對性別的認同，對血緣的認同，對文化的認同；最終，統合爲對自己此生認同的歷程。

這番言談，即刻激化身旁Y君的討論。不過，解開這個論題比較容易，它並不會構成太多的撕扯。眞正的撕扯在其二，是這兩天和作爲我的BUDDY的A君互動時進行的討論。

第一天，是關於靈性。A君「沒有遇到靈性比我更高的。」「你的耳朵有聽到共鳴嗎？」「你如果再這樣，死後一定成爲遊魂！」等等猛烈的叨叨言辭，直直插入我一下子反應不過來的心。導致第一天結束時，如果不是W君在我身旁坐下來，彼此交流了一些話語，稍稍舒緩弓緊了的背脊，我很可能就此逃逸。但儘管如此，回到宿舍後，仍然在飯廳廚房臥室之間彳彳亍亍至凌晨兩三點，試圖讓高高低低亂竄的腦波放空一些。後來，是起身寫下三點心得，作爲第二天的開場準備，才稍爲安心的睡了幾個鐘點。

第二天的BUDDY互動時間，A君一連串「哦，這是你第一次來溫哥華接觸西方文化？」「我覺得那些中國文化根本可以完全丟掉。」「我覺得你背負太多、糾結太多，像我們就不會這樣。」的論斷，又一下子撞開了雖有防備但還不夠強悍的意識。

我不好意思對她明說，說剛剛做練習時的克服項目，我特意的少說了一個「女」字；不好意思對她明說，就是因爲沒有直接斷然拒絕她那些言辭，才如此沉重，才無法輕盈。可也就是因爲這樣子，兩日課程結束後，這些石子竟盪開了很長很長的漣漪。加上來UBC已經進入了第三個星期，研究上一直未能有更大的進展。種種因素堆疊起來，堵得心好沉好沉。

無法壓抑，也無法隱藏。

*

我在 WESBROOK MALL 的 BLENZ COFFEE 及 MBAHOUSE 的沙發與沙發之間盤桓，眼睛裡留不住任何的字。

爲何會有這些盤桓？爲何會如此猶疑如此在意？

知見心理學說，生活中所遇到的人與事，都是我們的鏡子。外在世界，就是內心世界的投射。

佛家也說，萬法唯心造。一念，就是一世。

寒潭雁渡，本不應留印潭面的影子，就是此心所執，就是阿賴耶識裡某世儲存的種子在發根。好吧！那就對焦它，穿越它，做一次深度的挖掘，讓雲霧撥開，讓禮物出來。

我不敢動用識心。因爲人的識心裡有太多不自覺的價值、判斷、習性和成見，會把事情複雜化、異化，會干擾可以看見眞相的天心浮現。我決定讓天生本具的覺性（佛）來教導。同時也打電話回台北討論。

鴻銘舉傅佩榮老師到荷蘭擔任訪問學者的經驗作爲參考。換一個空間，其最大意義在於感知自己的狀態，解讀自己的狀態，重新定義自己，藉人藉事練習。回到了宿舍，也重聽王鎭華老師在奉元書院講《易經》的錄音，重讀上課所寫的筆記：「力量要放在實踐上，而不是理解、講道理。」「學建築的或是讀中國文化的，對於樸素非常重視，因爲樸素簡直就是生命力的根源。」「祂把秘密就放在心本身、生命本身，你努力了一輩子漸修累積所得，就是頓悟本來已知。」……

倏而光的天心，一閃一跳的亮了起來。

是啊，中國傳統的經典裡，何嘗沒有身心靈療癒的內涵，只是自己很少碰觸。日本平面設計師杉浦康平不也說了，東方古老的文化往往藏有不可思議的智慧，人愈能正視自己的歷史傳統，愈能清醒地認識自己，愈能以獨特的風格做自己。一如Marian在工作坊中所說，面對自己內在最細膩幽微的感覺，她也是選擇以自己最熟悉的匈牙利母語，精準而飽滿的表出。而我現在要做的，就是在另一種文化的差異空間裡，伸展更精敏更深沉的呼吸；然後再走回來，重新詮釋轉化母體文化曾有的神光。

一沙，一沙，洗去心裡的蒙蔽。禮物，露出端倪。

*

我對自己及中國文化的主體，穩住的厚度和力度，畢竟還不到味也不夠充足；而且在塵世裡的應對能力仍然有待練習，仍然不足以自我保護，所以才會慌了腳步。儒家講求慎獨，就外顯而言，指的是獨自一人時仍能守住合宜的言行和本分；就內在而言，指的是能審慎覺察每一個起心動念。因爲人無法靠無分別的佛性入世，唯有以覺引識心，方能宜然且怡然的走向紅塵而不失了方寸。

人爲什麼喜歡結交有平等心，活得很穩健的朋友？因爲太多分別，會扼阻原本充滿無限的可能。因爲人與人之間要敞開心懷，那還得能眞正看見了彼此的生命觀、價值觀、文化觀、宇宙觀的差異，而且予以眞誠的尊重。不然，對不對的人敞開，往往未蒙其益，先受其傷。

我願意相信A君是好意，只是措辭、態度及方法不適宜，只是彼此了解、信任等微血管神經尚未完善聯繫。

撥開這兩件，這兩日其實也有許多溫馨。

*

例如，第一次參加全是女性的餐會，雖然只能做做把椅子從課室搬到餐廳、再從餐廳搬回課室的粗活，但看她們自得於廚房準備LUNCH，就有童年過新年的美好感覺。原來女人堆在一起，不再只是嚼舌根罵罵先生和孩子；而是也可以透過交流、探索和豐沛心中的能量，建構相濟的關係，甚至是合德的關係，鼓舞他人也鼓舞自己。

例如，幾個朋友爲了成全L君成爲諮商訓練師的夢想，共同成熟這個工作坊的因緣，這是多麼可貴的事。例如，扮演KIDNEY的S君，當下現場她所擺動的每一個手勢，所吐出的每一個話語，所流露的每一個情感，無不散發著女性特有的柔性光彩。

例如，課堂散了後，我和S君、R君在院子裡摘取薰衣草紫色的花束，L君走過來教我如何製作花束如何保存。W君則拿起剪子剪除薰衣草過長的莖葉，好讓它在明春來時長得更茂盛。生命的溫度與輝光，就在最平常也最家常的行止裡，緩緩流動，連結，滲透至靈魂的深度。

「靠一輩子的實踐心得，累積整合，居然發現生命的意義就在於生命本身的豐富。」王鎮華老師如是說。

感謝我所遇到這些人這些事。

雖然《華嚴經》講「獨一發心，不求伴侶」。孤寂喃喃的旅程，天地若有對話的回音，也是一種至美。雖然人際間難免會有矛盾與衝突，如同我所抽中的卡片上所寫：「GREAT WAR ON PLEASURE AND PAIN.」只要靈慧的心的眼睛能找到樞紐的關鍵，一轉動，東方西方、正面負面、向內向外、成長成就等二元拉扯，都可以化為生命的能量，都可以畫成一陰一陽、陽餘陰餘的太極圖。

*

面對 ASIAN CENTRE 窗前的一池風景，我一點一點的寫下心情。然後，回過神來，斂一斂衣襟。上網，閱讀知見心理學的相關理論。凝注一念，抽取知見卡片。卡片上，果然也寫著 FORGIVENESS 和 FREEDOM。

十月了，UBC校園一天比一天有顏色。MAIN MALL的秋色長林，有的還華蓋滿身，有的還留有餘韻，有的則早已寫成了一個禿字。

這裡的每一株樹，每一片葉子，皆依循自己的腳步來決定掉落的時辰。一如明年春天來臨時，它們也會依循自己內在的生命勁道，吐芽，展枝。

我也應當如此。竭盡最大的生命潛力，活出來，自己的姿態與風情。

一〇四年十月九日

08

其中有精兮小學印象

重新面對、重新反芻，

可以讓自己和童年少年時期的生命經驗

再次產生連結，

並找回還迷失在某個岔口上的某部分的自己。

北車候車時，接到陳君四月二十九日要召開小學同學會的邀約。邀約敘事及話語，有久違三十年的熱忱和生疏，也有惚兮恍兮的七、八〇年代意象，隨火車離站而去，又隨火車進站而來。

第四月台清涼的水泥地，映現的盡是普悠瑪號北迴列車撲撲紅燈的閃示。

*

小學印象，是一部《山海經》。

內容涉及地理：霧峰，不就是峰在雲霧縹緲間嗎？涉及水利：乾旱期，夜深了，還得揣著恐黑的懼意，穿梭溪仔底桂竹叢顧田水。發大水時，沸沸湯湯，流注於稷澤，直抵我和鴻銘曾一起觀看夕陽的檳榔樹牛車路。而烏溪供吾等白丁小民，是饗是食。

也涉及地質：鋤草田埂、挖土塡蟋蟀洞，接著匍匐插秧、剹草。涉及奇禽異獸：釣青蛙、捉泥鰍、捕溪蝦、兼摸蛤仔，吆喝那群出了圈的豬隻或誤闖稻田的小鴨回家。涉及植物：黑仔兒菜、牛信棕仔、藿香薊、昭和咸豐，及叢生豆籬瓜棚底下怎麼拔也拔不完的閑花野草。

涉及天文氣象：冬瓜藤鋪稻草的夏日午后，喜遇西北雨，丟下做了一半的農活快跑。或夜臥戶外牆頭，和堂妹昭蓉瞎扯星象。更涉及神話傳說：雖非傳奇的遞嬗和想像，但有帝爺公的做醮、進香和除夕夜搶頭香。

腦子裡所記所載的種種非考古式探險，方向大抵無誤，然諸多細節肯定會稍稍偏移。至於探險地域之深遠平遠高遠的眞實尺寸到底是多少，信度應該會更不足。

有時是一目而三尾的讙獸，有時是三首六尾而善笑的鵸鵌。所以，如何分野記憶內、記憶外，是眞實？是奇幻？抑或是組構？常常參差錯落得連自己都難以指實。

因爲渾沌未開，無慮無得，不知愁之爲物。毋需不周山山上，「其實如桃，其葉如棗，黃花而赤柎，食之不勞」的忘憂果，孤身獨影，小小一丸，即可蹦蹦跳跳天地間，雖濁澤卻有光。要待到上了國中以後，始覺有物資匱乏、父母無識無知的愧與傷。

在此之前，我的小學時光，是清，但不薄。甚至，可以「綺而有質」此等語彙來描來摹。

而且，它們沒有消失，沒有離開。只是以另一種方式，續跟續隨。

*

小學一年級，沒有九宮格的空間概念，注音符號「ㄔ」最後的那一豎，怎麼寫都寫出斜躺下來的樣式，放學後被張老師留了下來，哭著用橡皮擦擦了又擦。那個討厭的大堂哥還攀在窗枱外嘻笑。

小二寫字簿裡的綠色格子，有張老師走過紅土跑道時的背影。

有點明白月考就是把教師手冊上的答案，填入題目卷的空格，是三年級陳老師的啓蒙。

那時候，小學生可以回家吃午餐。常常是行草般的吃了自己燙的拌豬油拌醬油麵線，就跑回校門口跳圳溝。圳溝盡頭，有個柑仔店。柑仔店前有棵鳳凰樹，樹下有公車站牌。從這裡搭豐原客運到霧峰街仔，車資一趟是兩塊錢，比阿川伯仔的店仔頭那一站，少一塊錢。五年級時全班遠足峰谷國小，我就是走到這裡來等車，這樣阿嬤給的五元，就可以省下一塊來買冰棒。

柑仔店前，還岔出一條馬路。小一新生報到，阿爸特別叮囑腳踏車前座的我，要記住那條不是回家的路。我還記得開學日，沒有拿到課本和簿子，因爲我沒有穿制服。

貧瘠的年代，學校常常辦野炊。炊飯，煮麵，剁餡包餃子。我們最佩服林君刷洗柴燒煙甕後的大鐵鍋，眞的是乾淨又俐落。男同學們愛慕的，是另一位林君。清秀白淨，會讀書，會寫毛筆字。有一次，圳溝野完跑回教室，下午的課又還沒有開始，我就坐在課桌對面靜靜的看她寫字，純淨的唯有傾慕。陳君是萬年班長，常央求她陪我騎車滑過丁台村到霧峰街上買教師用參考書。南北勢與霧峰鎮的距離，用車班班次來計數是兩小時；若以步量，超乎一個半鐘頭；若改爲學童的行車腳力，量測起來約四十五分鐘。

曾君家住得遠，每日帶便當，爸爸摩托車載進載出。剛知道如何讀書的六年級，有時我也會特意留下來和她一塊兒吃便當。至今還很明晰，我在台中女中的專車上，請教她數學時她思考的側姿。師大畢業後分發到草屯教書，有次假日帶一群學生遊玩台中科博館，我們相遇在公路局的車上，她還提醒我言行要像個老師。

小六時阿媽小產，床鋪血崩了一簇。黃忠根老師陪婦科醫師來家裡探望。他望了望四壁及5燭光燈泡下的土埆厝，幾度欲語又吐不出。所以假日我最愛到木瓜嬸仔的家庭工廠，挖瓜籽，拔水芋，每裝滿一籮筐就可以賺到幾塊錢。

第一次發現原來腳踏車也可以飆可以揚，是六年級時和男女同學隨陳瑞松老師騎車做家訪。家訪住在喀哩的林君魏君，以及所有沿丁台路的家庭。

農圃深深，風吹車輪，轉動了年少大氣的心。河畔青青，布袋蓮膨膨的鳳眼藍，也流水了那個長長的夏季。

建構不久的光正國小第22屆Line群組，現在正如醇如醴，甜釀六年級時李春香老師如何帶領合唱團，如何爲日出賽的往事。唉，爲何我只記得比賽後午餐的豬耳朵很好吃，參訪領到的小小綠油精很實惠這等小事？至於唱的是〈長城謠〉第一部？第二部？曲調是什麼？竟是過化只存神。

就像多年前的某個黃昏，正盤腿沙發翻閱檢索論文。翻著，翻著，忽然就看見了六年級時亮閃閃的眼睛，正在諦聽陳瑞松老師念一位因病休學而後又復學的郭君寫的日記。日記裡的內容，對於那時的我們，如遠遊，如招魂，老師念了一篇又一篇，我們也跟著幾度翻了又飛。

那是那天的最後一堂課。天光一點一點的淡了，教室也一點一點的暗了。可是我們一次又一次熱切地央求老師，繼續念，繼續念……

日月悠悠。平敘之思，也能葳蕤蔥蘢。

＊

烏溪，是流經霧峰最大最長的一條溪。我常和阿媽赤足涉水過溪石，割秋芒，或撿拾深山漂下來的木頭。沒有芒草可割、沒有木頭可撿的時節，撿甘蔗葉就成了三房堂姐妹的課餘活動。

我常常一個人，或背著最小的弟弟，沿牛車路來到蔗農種在溪仔底的一大片甘蔗園，穿行在蔗身與蔗身之間，或撿或扒每一棵甘蔗枯垂下來的葉子，一握一握，收好捆好，直到日頭落山時，再告訴阿爸來載回家。

那年頭，大家都窮。無損於甘蔗本身，蔗農也只管替政府契種，不會禁止我們下田撿甘蔗葉。到了採收期，台糖就會派工人來剉。工人們會用柴刀剉這種專門用來製糖的白甘蔗，剉好的就用青蔗葉捆好，堆放在田路邊，方便牛車運送至台中製糖廠。

當長長一列牛車隊經過院門口的時候，原本在門口埕猜拳跳格子的孩子，就會全部躲到土牆後面，等走在最後頭的那部牛車。當最後一部牛車的甘蔗尾進入了視線，大一點的孩子立即跳上車，一根、兩根、三四根的慢慢抽，慢慢往車外丟。小小孩則緊隨其後，撿，撿，撿，撿回家裡頭。

有時車夫也會發現。興許是窮苦人對窮苦人的體諒，他們大都只是回頭斥喝，並不會眞的停下來捉我們。我們也配合，同被農夫斥喝的麻雀一樣，四散而去一會兒後，再奔回原點，靜待下一波。因此，讀碩士時，研修日治時期的台灣小說，對賴和〈一根「稱仔」〉、呂赫若〈牛車〉所描繪的製糖會社及牛車意會特別深。印象裡的牛車車夫，就和小說中的楊添丁一樣溫和敦厚，常見他們單盤趺坐，駕牛車往來於還是石子路的丁台路。

當運載白甘蔗的牛車隊從我們家三合院經過，應是國際糖價大漲，台灣製糖業因興而起弊的一九七二至一九八五年之間。直到台灣製糖業再次蕭條，百姓不再爲台糖契作，這種扒蔗葉食甘蔗的日子才不復見。

南北勢的黑水牛牛車隊，滋養了孩童小小的甜美，也點出染出台灣蔗糖經濟史的一條墨色曲線。而且濃淡焦濕黑白，六彩全備。

＊

染，是有意無意，再三用筆淋漓渲染。點，則有單點，有重點，乃至三五七點，以苔葉山石的疏密爲深淺。就好似小學五年級以前，手裡拿著的短竹竿，以圓攢、側疊、擲芒、按銳等不同點法，在水田裡釣青蛙。

我常釣青蛙來餵鴨子。釣青蛙最簡便的誘餌，就是先手捉一隻，再兩手一撕，撕下青蛙的兩條後腿，丟掉一條，一條綁在線頭上，然後以蛙釣蛙。

小五以前，一竅未開，尚屬渾沌狀態，撕蛙腿就跟撕紙一樣自然，沒有所謂的殘忍不殘忍。直到有一天，一念不忍忽然湧現，從此再也不敢撕青蛙。

只是渾沌一開，人子不再人子，風霜也跟著來。

羅曼・雅各布森認爲詩學的話語段，是透過「隱喻」及「轉喻」這兩種過程來完成重要的藝術性特徵，故而具有連續性的敘事特質。只是敘事的傳播文本和敘事的結構符號，也會對內在具有主導作用，深深影響我們的認知。而認知、記憶，卻是對自我主體（主：德、自明；體：道、自然）再次確認澄清的重要方式。所以重新面對、重新反芻，可以讓自己和童年少年時期的生命經驗再次產生連結，並找回還迷失在某個岔口上的某部分的自己。不自欺，無所僞。然後釋放，歸位，成長。在重新面對、重新反芻的過程中，心本身、生命本身也會自然而然生發一種神聖與莊嚴。如鯤身而鵬翼，出入皆有光。

於是我開始想像，想像四月二十九日的會聚，又將會接續轉喻成哪一種敘事文本。

一〇七年三月廿七日

09

隨大甲媽祖行腳

行腳的眞實意義，

也在一步一步向前推進的疲累裡浮出：

不要斷裂和天地的連結，

不要遺忘四季更迭、自然因果和初心。

四月八日，十七點二十四分，台鐵新烏日站出發，抵達大甲鎮時，文進已等候於燈火洶湧的暮色。他帶我們辦30K卡，請進香旗，起馬，領平安餐，會合十九點五十二分到來的桓順，稍事休息，十一點準時跟大甲媽從鎮瀾宮鳴炮起駕。

這次，雖然無法全程參與九天八夜的遶境，也無法完整目睹進香過程中，筊筶、豎旗、祈安、上轎、起駕、駐駕、祈福、祝壽、回駕、安座等重要儀典，但我們的心是實誠的。背著行李，加快腳程，一個小時後，提前來到大甲溪北端的路橋中段，靜候媽祖鑾轎過橋，俗稱的「送出城」。這時，大甲溪上空會發放滿天煙火，我們就和所有人一樣，全心沉浸在電視網絡再怎麼現場直播也無法企及的聲光彩影。

煙花過後，沒一會兒工夫，鑾轎就追上我們了。我們也跟著小跑步起來，融入緊貼鑾轎前進的人群的律動中，和大家同頻，共振，一種細微溫熱的感動。

然後，接踵鑾轎的腳步，在清水區朝興宮領受媽祖會靈媽祖的宗教習俗，再彎入紫雲巖祈福，然後被海放，同三三兩兩落單的香客走在長長的鞭炮聲不斷的國道台1線，然後在四月九日清晨三點多，和桓順在清水火車站分手，他回台北，而我們朝此行預定的終點南瑤宮前進。

*

走過沙鹿、大肚，走過追分，到永和宮喝數年來如一的素鹹粥。簡易漱洗後，再隨信眾經王田交流道、大肚溪橋進入彰化市。腿乏了，就在公園或中隔島草地，保留日治時期檜木結構的追分火車站簷廊，彰師大進德校區前7-11亭仔腳，打地鋪休息。行腳的眞實意義，也在一步一步向前推進的疲累裡浮出：不要斷裂和天地的連結，不要遺忘四季更迭、自然因果和初心。

大甲媽祖遶境進香史已逾百年，進香的目的地，也從湄洲嶼朝天閣轉爲北港朝天宮再轉爲新港奉天宮。但對這塊土地生活的普通百姓而言，它一直都是台灣民間最虔誠的角頭信仰，每年隨媽祖尋根謁祖，而遶境所經，也自然連結起人和神、人和人之間最素樸的心。

例如，自發送蠻牛、礦泉水、仙草飲料、素包、素粽、素飯糰、壽桃、麵食、五指襪、酸痛藥布……的熱情民眾，沿途對你喊「辛苦了！」除了便利商店、加油站，不少店家也會開放自家廁所供信眾使用。大家也都安靜排隊等候或互換心得，沒有族群私欲，沒有意識角力。在媽祖慈光普照下，中部百姓的素樸熱情，一下子砉然打開，這裡，那裡，無私奉獻無私付出的熱流觸動彼此的心。隨手Google、YouTube一下，所有曾經眞實體驗過的感動就會排山而出。

一切外相的顯現，皆是心性的流露。來走這一趟路，無論是爲了信仰，爲了祈求，或是爲了還願，我們順從的，從來都只是自己內在的聲音。像鴻銘，一向跳脫，竟也誠心遵守第一次參與者要穿戴全新衣帽的不成文規定，行前更多次到中和，請黃師傅儘量幫他卸除困擾多月的右肩胛骨酸痛，堅持走完此次預定的路程。

而我，初次背著三天衣物在熾陽下長行，著實考驗體力意志力，也擔心腰部肌肉不當旋轉而造成的右腿肌腱炎不堪長途走路，所以很專注腳板著地時的力道和角度。還好，文進掌控行止的節奏得宜，爲了同一目標而持續前進的行者，也對我們產生了很大的激勵作用。

終於，午后兩點，借光停在彰化市議會前的沐浴車的熱水，消融了一路積累的煙塵，身心愉快的在五點前踏進南瑤宮廟埕。廟埕裡，陽光映射左殿綠瓦琉璃，爐煙裊裊，圍合古剎，依然是當年阿爸用歐兜邁載我來這裡祈求大學聯考順利的記憶。

＊

右廊道，長板凳，我們靜候大甲媽來駐駕。南風一吹，啊！好想閉起剛洗過澡的眼睛。

五點二十分，負責探路及回報路況的駕前先鋒報馬仔入廟了。我趕緊跑上前去，跟他討一線姻緣，祝福桓順。

台灣民間藝術的殿堂是廟宇建築，廟會活動是最具生命力的文化辭典。爲神明探路、通風報信的報馬仔，就是一個典型代表例子。他全身披掛穿戴的紅纓斗笠、單片眼鏡、八字鬍鬚、反穿羊皮襖、長短褲管、腿貼藥布、手持銅鑼、肩荷長紙傘、一足赤腳一足草鞋……，去查維基百科，就可以讀到各自寄寓的文化象徵意，讀到媽祖「知足、長善、感恩、惜福」四大精神。

去年四月到淡水雲門劇場觀賞的《十三聲》，就是編舞者鄭宗龍從自己的成長經驗裡汲取創作養分，重新詮釋艋舺的庶民百態、文化信仰。當七十分鐘表演結束，黑幕落下再拉起，十一位舞者躬身謝幕時，我的手拍得都烏青了。因爲感動。

我們的座位在3樓5排，借俯視之力，得以綜觀十一位舞者的唱念跳躍，和音樂、燈光、影像、服裝等共構元素在舞台相互激盪的整體氛圍。最亮心的，是彩色錦鯉游上布幕和舞者乍然相遇又迅即彈開那一瞬間迸發的張力。也就是這種非預設的律動張力，讓錦鯉身上的豔麗釋放出一種魔幻的神諭性，揭示台灣廟宇文化的核心，原是從凡塵裡，孕育莊嚴神聖。

同行的文進，也即時爲我們解說許多廟會典故。比如他姑姑從年輕時期就加入的進香自行車隊；比如考量庄頭的貧富差異，以搶頭香、貳香、參香等名義的方式，讓有意爭取接駕、獻香、祭拜、祈福等權利的庄頭，負擔遶境所需的費用……

生命之境，就是文化。而民間文化習俗，此刻就萃聚在廟埕。頭旗、頭燈、三仙旗、開路鼓，人馬陸續抵達了。今年的頭香、貳香、參香、贊香等駕前隊伍，也一撥一撥來到。慢慢的，繡旗隊、福德彌勒團、彌勒團、太子團、神童團、三十六執士隊等，依序進廟行禮。最後，二十二點二十分，涼傘、日月旗護引大甲媽鑾轎，駐駕南瑤宮。

＊

距離零晨十二點起駕還有一段時間，我們就在觀音殿旁打地鋪休息。觀音殿三面迴廊的清水磚牆、洗石子柱面，是南瑤宮建築群受日式建築影響最深的地方。柱頭和簷牆欄杆則承襲了希臘多立克式造型，襯得我躺下來的星空，上弦月如此清亮，印在心頭很深很深。

新冠疫情因素，彰化市政府機關、學校、廟宇，不開放香客夜宿。四月十日零點整，大甲媽起駕後，南瑤宮就全面淨空。暗夜裡，只有成功廟外埕的幾頂帳篷，成功公園門燈下入夢的流浪漢，賣夜宵的店家，零星香客，陪我們走到2公里外的彰化火車站打地鋪。

也是，我們本就是階段性流浪的靈魂。

*

清晨五點被搖醒。搭火車回台中車站旅店漱洗休息。本以爲這次行腳會就此打住，昨日在彰化市議會前分手的文進，來電問我們要不要乘興搭他的車到西螺，然後走西螺大橋過濁水溪去迎媽祖。我們自是欣然答應。

我很喜歡，西螺鎮上零星散見的黑瓦屋，空氣裡流動的富庶歡騰。參拜了福興宮，隨香客在紅白帆布棚下享用平安餐，再往西螺大橋走去。第一次走在西螺大橋的鋼鐵紅，當下現場，無雜念的全心感受藍天白雲和溪風，頗有「空明朗淨，無垢無染」的FU。

漸漸的，人潮多了。頭旗、三仙旗、開路鼓、繡旗隊、三十六執士隊……，也迎面而來。3C虛擬科技席捲全球的年代，仍有百萬信眾追隨媽祖大愛，年復一年，腳踩實地，走出一條現代的魚路古道。而我們，霧峰和雲林農村成長的孩子，今年也成爲其中的一分子，用雙腳走過中部台灣的地文、水文，看見大肚溪、濁水溪粗曠原始的風土，領略百姓素樸心的自然流露。

文進的女兒依涵，剛通過大學繁星計畫進入工業設計系就讀，青春洋溢，領我們在西螺大橋上，迎媽祖，扛鑾轎，拿文昌筆，執涼傘芭蕉扇，接受中天新聞採訪，揚升了遶境祈福體驗的品質。最後，在黃昏前，車抵新港奉天宮參拜開台媽祖。

四方香客還未聚攏，「大甲鎮瀾宮天上聖母遶境進香豬公肉領取處」紅布條下的新港街道，寧靜如台灣大多數的鄉鎮。媽祖慈暉，不論龍蛇，平等庇佑。而百姓素樸，如霧峰南勢仔長年翻土種菜種米的阿爸阿媽，雲林東勢厝昌南村養小牛換學費的大舅二舅，熱心庄頭事務卻被當成憨仔的屘舅……，他們是台灣民間珍貴的安定力量。

要肯定得起台灣這塊土地長出來的文化。一如林懷民所言，當創作《十三聲》的遊子有了回家的自信，一步一步把自己走回萬華，萬華就是紐約。

因爲，最在地的，也最國際。

二〇一一年四月十三日

輯二・花繁

10

在UBC談合院建築

屋內的懸浮微塵受晨光之引，

側向最澄澈的那一道神思。

似喧，似靜。

我奮力抓住野馬般的奔騰。

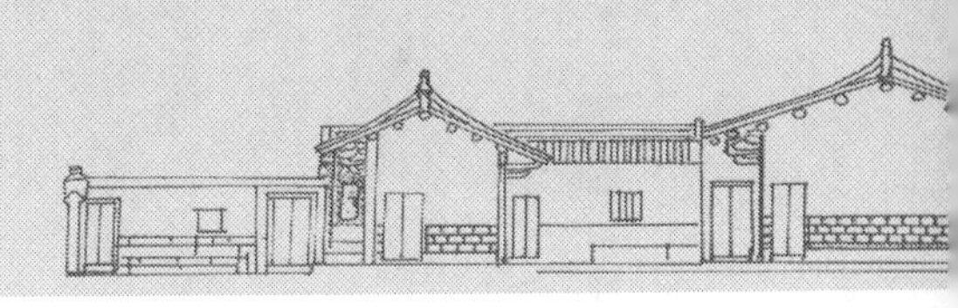

文獻蒐集的工作，終可以暫告一個段落。

思及明年春天因緣的聚散仍存有諸多的不確定，故而打算在回台灣之前，先善逝在UBC研究訪問應盡的講座義務。和Professor Rea討論後，決定以「空間母語：閩南合院建築的空間意涵」爲主題，談堂庭的空間設計、空間位序的內外正偏、重門疊院所彰顯的充實之美和生生不已的盎然生機。

定錨了主題，也寄出了摘要，離十一月二日尚有半個多月。於是，每晨，一碗湯麵後，靈光神思就在我賃居的開放式廚房中島前緣，流動在一個又一個檔案夾的開與闔之間，然後流向台北的林安泰古厝，流向十餘年前第一次在研究所報告〈合院建築中的德觀思想〉，流向霧峰南勢仔的三合院屋，再回蹭溫哥華Birney Ave.的木造小樓，化成一張張投影片上的圖片和文字。

一直至九點左右，才摺疊思緒。出門，沿Wesbrook Mall此端的林間小路，緩緩步向盡處的UBC214課室。

＊

林安泰古厝，是我最熟悉的閩南式合院建築，也是我和鴻銘拍攝結婚照片的場域。它的第一聲娃啼，幾乎同步大台北盆地的開墾。而且，和王鎭華老師的《中國建築備忘錄》這本書，一起成爲我踏入中國傳統建築美學領域的啓蒙，一起承載了我對合院的所有感覺和想像。此次講座的主題之所以訂爲「空間母語」，即寄有致敬王老師之意。

建築，是日常生活的一部分，也是和我們最接近的藝術。它揉合了風土、歷史、思想、信仰、神話等諸多文化元素，滿足生活在這一塊土地上人們的思想觀念、生活方式和實質環境的需求。所以，我打算從生活中的建築語彙切入，聊聊中國人喜歡以糞土之牆、登堂入室、大房、二房、正室、側室、堂兄弟、家國棟梁等建築名詞，作爲德行判斷或親疏關係的說明和比方的原因。

洞察了生活、文化和建築語彙連結的源頭，也就連結了腳底所踩的這塊土地的情感和記憶。

接下來，或許，就可以續談庭和堂的空間設計。

堂，當正而向陽。以其當正，祭祀牆居中而設，棟柱、門窗、家具和聯語，安置兩側，拱神龕而對稱。以其向陽，堂前有庭，引導心靈的視線覺受天地自然的存在。還有什麼能比天地自然更大的大？所以合院空間一有庭的出現，就足以令明明很小的堂，具有正大的氣氛。

因爲，眞正的大，是原本有限，卻容納無限。

上有青天，下有后土。人，往當中這麼一站，仰俯朝夕，由品，而味，而悟。易經三畫卦六畫卦的天地人體系，一個民族的文化性格和審美品格，乃至個人立命安身的價值觀也就整個架構了起來。

堂的神龕上供奉歷代祖先，圍繞其下蹦蹦跳跳的，是兒孫滿堂。於是時間軸線的兩端，一下子就由現在延展到過去和未來。身爲家族的一分子，看見了自己是側身於歷史長河中的一粒微塵，也卑微，也莊嚴，怎麼能不戰戰慄慄？又怎麼壞得起來？

《論語．學而》說：「慎終追遠，民德歸厚矣。」原因在此。《禮記．大學》說：「富潤屋，德潤身。」原因也在此。如何厚？如何潤？自是提振「天生德於予」的德，以眞誠實踐所得，賦予民居的堂，溫、樸、有光、有澤的文化風流。

堂的門，雖設而常開。或像安泰古厝，門不設，只有伸出來的廊簷，遮擋風日雨水。西方建築語彙喜歡把廊簷這種介於實和虛，好像室內（有屋頂、地板，但沒有牆）又好像室外（但又有屋簷）的空間，取名爲「中介空間」；但我獨獨喜愛，也深覺它更貼近於王老師所稱的「餘地」。

餘地思想，源自易經「一陰一陽之謂道」的陽餘陰餘精神。有了餘地，室內可以引進戶外自然的氣息。有了餘地，戶外可以流入堂文化的風采。人與人，人與自然，有了餘地，話不說絕，事也不做盡。

堂的兩側一擺上太師椅，就是待賓之所。喜慶，治喪，命名，加冠，離家，返鄉，這些家族要事，皆會在這個空間裡舉行。灑掃，應對，進退，種種美好德行的日常教育，也都在這兒得到了啓迪與成全。

《楞嚴經》記載跋陀婆羅，「忽悟水因，既不洗塵，亦不洗體，中間安然，得無所有」，就是在日常的淋浴裡用心。無垢舞蹈團藝術總監林麗珍女士教學生跳舞，第一件事就是擦地板，每日在承載所有身體重量的地板上用心。

因爲德行實踐，本來就要一點一點的在日常生活裡落實。《論語．季氏》記載伯魚兩次趨而過庭，因父親之問，立即退而學禮學詩。安泰古厝神龕匾額上的「九牧傳芳」，木杜上的「安且吉兮一經教子開堂構，泰而昌矣九牧傳家衍甲科」，是志趣門風，也是文學和哲學很直接的融入了建築。一般用來計數上課時間長度的量詞「堂」，其符號所指何以偏向空間，也於焉洞然。而堂，作爲合院文化的核心，向前後，向左右，各自拉開的縱橫兩條軸線，又同構了一個「十」字，對建築群空間和禮法秩序產生了定位性作用。

「十」字的一豎，表徵了自己（人心）和自己（天心）的關係。「十」字的一橫，表徵了自己（生命本身）和家人和社會的網絡關係。也就是說，唯有一切回到自己的心本身、生命本身，眞誠面對這兩個向度的指涉，這樣的實踐才充分，才到位。

然後，也才能無愧的挺立於天地，書寫成一個「士」字。

*

Pacific spirit park前建築工地的版築聲馬達聲，清晨七點後，就間歇性地經由介質朔風傳導回我所賃居的小屋。屋內的懸浮微塵受晨光之引，側向最澄澈的那一道神思。似喧，似靜。我奮力抓住野馬般的奔騰。

奔騰在以情感以記憶串連起來的一個又一個合院建築空間。

堂前，孔子和伯魚正對話。堂右，磉石方以智，梭柱圓而神，合捧一束紅色鬱金花香的我們在拍攝結婚照。簷廊下，是喧和順浴光戲耍跳格子。跳在正偏左右前後內外等不同空間的位序和層次，跳出合院建築秩序性和向內性的特質。

空間的圍合，主要靠牆。牆唯實，門窗唯虛。有了這個虛，內外可以相互穿透交流，門窗可以引進陽光每一瞬息的遊走，爲原本單一的矩形實體帶來生動的光影變化。

當人的視線處在「光，影；光，影；光，影；……」虛實如此躍動的序列空間裡，自然而然會跟著由近而遠復由遠而近的往來流動。當心的節奏，眞正和天籟的節奏合一，自己就會成爲一把樂器，彈奏由知覺審美和想像所帶來的生命力和律動。

中國文人爲何多愛從門窗吐納萬物，這也是原因。

堂和左右廂房和門廳，都是向中庭圍合。近堂者內，遠堂者外。門內爲家，門外爲鄰。室，有內外。心，也有內外。而庭的設計，又最易引導生活在其中的人，趨向於內省。所以《禮記．大學》的誠意正心，曾子的「吾日三省吾身」，指的就是內省的愼獨，同時也是在日常細微處由內而外下工夫。

眞正的實踐，肯定保有內在的成長。而內在的成長，它是活潑潑的生生之意，汩汩來。

傳統的風水觀，水，解決的是家庭用水問題；而風，就是氣。它以中庭爲明堂，利用重門疊院和建築群組的層層環繞來聚氣。氣聚則生。所以屋內的大木作梁架結構和小木作內檐裝修，除了觸感有溫度，實際上也是東方木「接納生氣」的風水觀。

孔子會舉「木」來形容「近仁」的特質，應該也是日夕揣摩的心得。就如同講座的那天，秋珠師姐一走進Asian Center 120室，就指著窗外的林木，說我們眞有福，能在森林的懷抱裡聆聽一堂中華文化的課。

120室的窗外，群杉緩緩吐納，生氣都聚一屋中。木頭的材質，當然會隨日月而朽而腐。但是沒有關係。因爲屋宅壞了，可以修繕，可以汰換。因爲眞正大氣的藝術，允許後代子孫接力。因爲它是創生、是生生，而且是一氣呵成。

*

Birney Ave.的楓林，初時綠，未幾蒼。蒼者橙，橙變赤，赤轉赭，終而一葉一葉掉落，飄走了秋氣。

沒多久，佩玉助理就來信，說講座的海報已經設計完畢，而且也登錄到了研究中心的網頁。我把海報寄給慈濟人文學校的老師，寄給史坦利公園大樹前爲我拍照的幸娟，寄給在此攻讀文學博士的鄔蒙，和有一飯之誼的北京首都師範大學音韻學博士凱莉，邀請他們來分享這場用心準備的空間母語。

分享，是心靈最尊貴的交流。我隨順靈性流動的韻律，感謝這段日子，晨昏孤寂，面對天地瞻校王老師奉元書院講《易經》的錄音。感謝能緊貼生命，膚觸入乎耳入乎心的五千年前智者的聲音。

哲人是遠了，合院的進落形式也會跟著時代遷移，但其精神卻可以穿透古今。其意味，也會像講座結束後，受邀到秋珠師姐家晚餐所吃的那朵香菇，只要稍稍火烤，再灑上一點點佐料和橄欖油，就可以享用「鮮」裡透著的一息「新」。

德行實踐，在生活，在日常。剎那恆持，恆持剎那，不可小覷。就像以後，不管離開UBC多少年，我都會記得心圓師兄一走進Asian Center 120室，見了無人幫忙操作的錄影機，沒有任何話語，帽子一脫，就立即上前補位的那個行止。

那個行止，自然，無作。裡頭有一顆很接近無住而生的心。就像從林安泰古厝垂花門廳走出來，離書齋不遠處，會遇見一間很素樸的小土地公祠。土地公作爲傳統道教信仰裡最親民的神祇，百姓多尊稱爲福德正神。福德之福，由何而來？敬道尊德。

此次講座，也就以這座素樸的土地公祠作收。

一〇五年十一月廿八日

補記：

1. 一堂課，空間名詞一轉，化作時間量詞，沁潤工夫何其深遠。
2. 一〇九年七月十七日，王鎮華老師走了，很多學生都發了紀念文。我沒有。因爲一直在思索，如何寫？寫什麼？後來，翻閱以前的文章，才發現裡頭有多篇，早早融入了王老師的話語。於是，我決定不寫。謹從中挑選這篇文章，作爲悼念。我寫非學術性文章，從來只給自己看。因此，這是首發。

11

走入建築詩學

建材取之於大地的木土磚石，

圍合成二進落四合院式，

其形正如我們印在結婚證書上的紅色章子，

溫潤而堅實。

穩而潛，貼伏著一方土地，一座合院建築鋪展開來的那股雅正的氣韻，就好像吟哦一首唐詩。有其句式，平仄，與節律，引人神思悠然。

深受傳統文學薰陶的人，又怎麼會走入了建築詩學的場域？最本原的那一個神契的點，到底爲何？植於何因？緣於何時？這是最常遇見的，也是《建築美學：合院「多、二、一（0）」結構研究》這本書付梓之夕，最值得放疏生活的力度，爲之釋源，細細玩味的一個好提問。

是年少時期成長於簡樸三合院屋的記憶？還是隨著院外黑牆塗鴉連結出去的鹿港曲巷裡倚著蒼蒼古綠的磚紅小樓的驚噫？抑或是和志道合同者一起會意大龍峒孔廟琉璃飛簷上的瓦當的默契？

實是記不得了，在記憶的海震裡，到底哪一個才是緣起的因。

只記得多年後，閱讀了王鎮華老師《中國建築備忘錄》時的驚喜，驚喜於發現，原來生活裡充滿了這許多日常習焉的建築用語。

隨手舉幾個例。一般人所謂的「大房」、「二房」，「正室」、「側室」，「堂」兄弟，「大柱子」、「二楞子」，「家國棟梁」，「亦步亦趨」（《爾雅．釋宮》：「堂下謂之步，門外謂之趨。」）等等，就是取「建築名詞」點出了人地位的尊卑與關係的親疏。《論語．公冶長》中孔子責備晝寢的宰予是「糞土之牆不可杇」，《論語．先進》中孔子稱述子路是「升堂矣，未入於室」，也都是以建築名詞「牆」、「堂」、「室」，作爲德行判斷的說明和比方。這些，是捧著鉛字排版的四書讀本在大學課堂打盹時，未曾有過的想像。

後來學習中華花藝，首堂課就是認識花器裡的空間設計。母點，是「極點」；東、西、南、北，屬「正點」；「隅點」，爲宧、窔、奧、屋漏。若翻開《爾雅》，就可以讀到這一段文字：「室之西南隅謂之奧，西北隅謂之屋漏，東北隅謂之宧，東南隅謂之窔。」它以花器爲基點，人置於中央，與草木同存，依此生命的哲思成爲插花的架構原理；再注入八分清水以映照天光，此方圓，立即成了一個完整而獨立的天地，濡染插花者的才智與德慧。

《中庸》說：「君子愼其獨也。」清代錢謙益說：「終始以清白一心、不愧屋漏爲立身之根柢。」不愧「屋漏」而又能窺其「堂奧」的設計，令一種文化性格與審美品格，自然無礙地流現在一盤花之中。於是修剪歧出的枝葉，選址、落座、插定的歷程，就成了踐仁成德的歷程。它與合院空間文化意涵，渾然的相應。所以，稱合院建築為「空間母語」，實是允當至極的形容。

受此影響之故吧！結婚時，選了安泰古厝作爲婚紗拍攝的圖景；初入研究所所寫的第一篇論文，探討的是合院建築中的德觀思想；獲國科會補助的研究計畫，探討的是安泰古厝圖底理論。建材取之於大地的木土磚石，圍合成二進落四合院式，其形正如我們印在結婚證書上的紅色章子，溫潤而堅實。

以牆廊連繫圍繞的四合院，中圍一庭，對外封閉。庭，是一口好大的井，向天敞開，夕照晨光皆在此徘徊；腳底下，人踩的是一塊地，跟著二十四節氣過起敬愛天地的日子。而此中生活積累的養份，正可以令善於觀察的智者們，汲取建構一套關於天、人、地的哲學體系。神思若再望前走動三五步，或許還可以聽見孔鯉恭聆父親和他談論著「不學《詩》，無以言」、「不學《禮》，無以立」的庭訓話語。

鄙陋些的三合院，就算只能謀得一塊內埕，那也足供大人們在裡頭晒晒稻穀，菜脯，和醃瓜；並溢出一點餘地，讓幾個孩子在那兒跳跳格子和嬉耍。或在酷夏的黃昏，擺放三五張桌椅，讓田地裡耕種回來的大人，承接天光，當著微風吃晚餐。再正式些，搭個藍白帆布棚，就成爲小叔娶親擺席的場地和阿公出殯前師公念誦經文的儀所。

庭的正前方，是堂（還有「公媽廳」或「廳仔」這個名）。宋代高承《事物紀原》形容它「當正」、「向陽」，所以配有正面的祭祀牆，對稱的家具與木窗。門又常開，爲的是引導人的視線及心靈，覺受天地自然的存在。正中的堂與方正的庭，蘊蓄了一股「正大」之氣。童蒙宜養正，成年宜養德，在此呼吸的人，自然而然整個隨之挺立。

以「香火」來代言家族的延續與分合，也成爲一種文化的語彙。就算早已分了家產的各房，每年的除夕夜，還是得回到堂裡來，高舉清香三柱，「祭如在」的奉祀歷代祖先。這一夜，焚燒金銀紙錢的熊熊火光，映照在身處其間的每一張大人小孩的臉。祖宗，父母，孩子，延展成一條「生生」、「創生」的文化歷史的長流。

細思每個「因」，都有成爲開啓下一個「果」的可能。然後因果又彼此渾淪爲一，鑄造了現今。

此後，順隨著情感的牽引，與傳統建築相關的想法，陸續發表在學報及研討會議。國立台灣藝術教育館也獎勵出版了以廟宇石雕意象爲主題的《以石傳情》這一本書；終至決定援引陳滿銘教授的「多」、「二」、「一（0）」及篇章結構理論，詮釋合院建築這一個空間母語。

雖然深知這一個研究主題，有其學術的創新性和可貴性，但也明白這一涉足實是「有夠大膽」（王鎭華老師語）。慮及此，懷著不甚篤定的心，備著擬妥的綱目和試寫的一篇論文，虔誠叩問足跨傳統建築與儒家經典的德簡書院的大門。門扉之紅，微赭中，透著傳統儒學一貫講求的方正大氣，給足了我向此前進的勇氣。

撰寫歷程中，最難之處，在於章節架構的再三確立，其次才是細目的裁切與行文的邏輯。有時困蹇不通，有時又有豁朗神會之喜。時空之軌，就這麼一點一滴地流轉於節段篇章彼此勾連的罅隙與罅隙之間。

我，也始終俯仰在合院建築的天地裡。

有時，看見了舊時廚房的光穿過門洞，印成黑漆門口埕上的一道亮框，和弟妹們蒙著眼在此玩捉人的遊戲，寬慰觀坐門檻，為窘迫家計勞累了一日的阿媽。有時，看見了阿爸從溪仔底挑回一籮筐一籮筐的芥藍、空心或苦瓜，默沉沉地在埕前忙著清洗、分級或紙裝。有時，看見了和放了學的堂兄姐妹在院牆邊的轆轤汲水處，淘洗白米兼顧著吵架。有時，還會看見屋後豬圈裡嘍嘍搶食的豬群，以及領著子嗣慢踱過來咕咕嘎嘎覓食的雞鴨。

雞啼茅舍瓦上霜。這生命中許許多多的一幕，剛剛好足夠寫成一個合院形式的「家」。此中的意味，恰似艋舺龍山寺前向阿婆買的那一串玉蘭花，其香淨，其色潔。值得我以二十年的光陰，為它書寫有關建築的詩話，三五卷。

一〇一年九月一日

12

長條形街屋的自然意

雨洗娟娟嫩葉光。
風吹細細綠筠香。
秀色亂侵書帙晚。簾卷。
清陰微過酒尊涼。

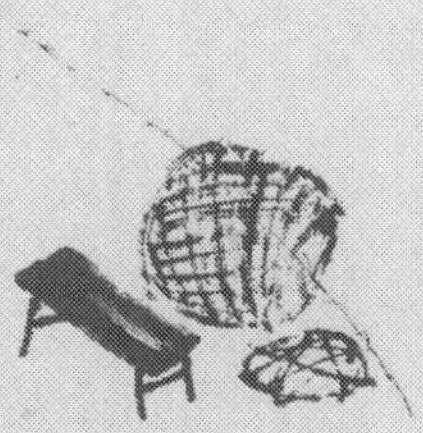

微陰，然陽餘之氣汩汩，故宜於暖足，暖足於大稻埕的百年街屋。

拜文創產業欣榮之賜，翻新復舊後，大稻埕的閩南巴洛克現代主義洋樓等各式街屋建築，怡然泰然地開展了風華八百米許。曾經入過宋詞的碧玉欄杆，茶行布行中藥行的行徽浮雕，帶有凹槽的希臘科林斯式石柱，臨街山牆隨意的一個面、一個點，都可以遇見屬於這塊土地的天光和雲影。

此次，實是爲了民藝埕而來。民生西路左彎迪化街南端部分，幾步路的腳程，修復後，山牆立面偏屬於現代主義幾何風格的民藝埕，仍保存長條形街屋斜長屋頂特有的氣韻。

我很喜歡這種一進又一進、層層遞進的建築形式，以它有長度有方向性的軸線，組織木質陳列櫃和陶瓷茶盞等所有元素，誘導視覺體驗多重院落所形成的縱深性序列的空間魅力。簡單，乾淨，大氣。更重要的是，過水處保留了兩口小天井，引進天光，引進風雨，引進綠意，令商業與人文渾淪的空間裡得以蘊蓄最自然的氣息，也令來回流轉的視線及心靈得以吐納，薰習。

第三進的咖啡小酒館正午才會開放，也捨不得一下子就逛完全部的美好，於是我們先移步小藝埕的Bookstore 1920s、思劇場，小歇二樓的爐鍋咖啡。挑一張臨窗小圓桌，坐下來，讓咖啡最本質的氣味構築兩個刻度的自足和深靜。

濡染了嗅覺，小藝埕樓下的三角匯合地，多元族群共融的小吃，可以一併滋養味蕾。若又能剛好迎上踩著三輪車召喚市民到5號水門聽戲去的嗩吶樂隊，就足以吹吹打打打出國境之北的物阜民豐。

挾此國風再往回走，回到民藝埕門口，讓視線順著具有一定秩序的空間序列由外向內移動，會有感於「庭院深深深幾許」的文字描繪，遠遠不及實臨沁潤的飽滿鮮活。

民藝埕承續了中國傳統合院建築的建築意，在「陶一進」與「陶二進」、「陶二進」與第三進小酒館之間，保留了兩口向上敞開的天井，具有通風、日照、交流的作用，令室內室外的空間得以延續、穿透。也因爲「透」的處理，每一口天井和它身旁的過水廊，成爲建築內部空間和自然空間的過渡與中介。介乎室內和室外的第三域，延展人的視線至戶外，也引外部的節氣光影進來，爲原本單一的長條形實體，爲屋內起居的人，帶來朝看暮看如此，陰晴看風雨看又如此的變態。

存在的狀態一變，即氣變、韻變、神變。

藉由人視線的移動，會打破原先靜止不動的空間，產生一種流動感，轉爲具有時間進程的四度空間。而「流動」，正是「連續」最深刻的特徵。

民藝埕以三進式空間和兩口天井所構成的足夠分量的空間深度，供視線在它的線性軌跡上，由外而內又由內而外的流動，拉開了這一個視點和下一個視點之間所形成的間隔，也連續了前一個視點和後一個視點之間所復現的實與虛、現與沒、前與後的節奏，讓看不見的有層次的心靈律動，有興味的在此生發醞釀。

這種審美心靈律動的醞釀和興發，是人爲空間的成全，也是自然空間的成全。講究以「性」以「德」，貫通形而上的天、人、大自然的地這三個體系的儒家思想，認爲一個人在成長的過程中，必可體驗到他跟天地之間的關係，從而驅使人們在創造人爲空間時，採取了和自然對話的方式。當人爲的一切，沒有脫離自然沒有脫離天地，才能眞正接得住文化脈絡的活水，空間裡的人文氣韻也才得以生動的厚積，並匯生出新的質、新的意，因而有了井、庭、院、園的設計。

民藝埕的兩口天井，上頭有天，腳底有地，無論生活步調或生理感覺，宇中進出的人，都可以和天時的變化、節氣的遷移合爲一體。井中和牆面上植栽的山蘇鹿角蕨羊齒蕨黃金葛等植物，又爲這個長條形序列空間，源源注入好有靈氣的綠，共同指向一種符示，符示「綠滿窗前」的生機本質。

這個本質，可以洗耳，可以洗心。

我在人潮不息的民藝埕門口，在每一個面對天井的窗口，神釋，心凝，一直捨不得移開眼睛。良久，良久，才步上二樓茶館，閑讀一壺鐵觀音。

待下樓時，暗了的天空，下起了淅淅小雨，瀝瀝侵入天井廊簷下的紅磚地，侵入「雨洗娟娟嫩葉光。風吹細細綠筠香。秀色亂侵書帙晚。簾卷。清陰微過酒尊涼」的詞境。

多虧有了這兩口敞開的天井，向天地裁剪了兩塊自然，安放在聯繫內外的中介空間裡。此中作息，人，可以眞實覺受風霜雨露，晦晝陰晴。

這長條形街屋，加了一點綠，毋須簾幕帷帳屏風欄干的圍隔或障蔽，即如此層次，如此韻律，如此生氣。

二〇二一年十一月廿四日

13

城市草木聊可娛

每風自四山而下，振動大木，

掩苒眾草，紛紅駭綠，

蓊葧香氣，衝濤旋瀨，退貯谿谷，

搖颺葳蕤，與時推移。

在誠品翻閱《回家改造老房子》、《小家很有愛》，當下有感，就買了下來。

次日花了一些時間閱讀。老房子改造的部分，感覺有點乾。倒是申敬玉的書，讀起來很有味道。

第一個案例最喜歡。木質窗框，素色紗簾和枕靠，那棵樹和疏疏朗朗的陽光。還有桌上的那盆草，裝在小時候鄉下常用的洗臉盆裡，全是大自然的氣息。她說，為了容器而花大錢是不智的，因為花草才是本質。她好貼近生活，慧心的韓版芸娘。

想起好久好久以前，就讀台中女中的時候吧！為了追上城鄉差距，每日起早讀晚。唯一的休息，就是期中期末考後，放自己一個小假。整個下午，就窩在一樓客廳外我圈養的小天地，種萬壽菊石竹茉莉等草綠。

後來，到了士林，總覺得都市生活水土好不服。某次借宿秀菊南投三合院老厝，看見好熟悉的龍眼樹，忘神了好久，才有點明白自己為何水土不適——因為少了花木！於是回台北後，清理三樓陽台的雜物，開始養起植物。

馬姐、艾瑞克夫婦賃居天母時，午后三四點的陽光，會穿過落地玻璃門，穿過帷簾、大葉綠蘿的葉面，終而落在靠牆的那一整排書櫃。不僅給了室內空間不同的情緒和光影，更有人、有咖啡、有清談，眞正是入了「靜深庭院，簾影參差翠」（趙善扛〈青玉案・春暮〉）的宋詞詞境。

我喜歡時光1939，因爲南洋杉，因爲院子裡一般人家的花花草草。

我喜歡南菲咖啡，人、老式氛圍、窗外扶疏的咖啡樹，都是因素。

我喜歡王記茶鋪中山店，草木也占了重要元素。松樹小院陶缸裡的銅錢草，就是我們和王老師及師母在那兒用早餐的標記。

文人受了傷，喜歡走到自然裡。爲什麼？因爲山、水和花木，及其引來的聲色光影。

仁者樂山，智者樂水。但光是山和水，仍有所不足。所以柳宗元除了善寫山水，他也精筆描繪「山皆美石，上生青叢，冬夏常蔚然。其旁多巖洞，其下多白礫，其樹多楓、柟、石楠、楩、櫧、樟、柚，草則蘭芷。又有奇卉，類合歡而蔓生，轇轕水石。每風自四山而下，振動大木，掩苒眾草，紛紅駭綠，蓊葧香氣，衝濤旋瀨，退貯谿谷，搖颺葳蕤，與時推移」（〈袁家渴記〉）。

瞧！山水得有緣，才有光澤，才有沁潤。

一如賴太太邀我同遊台北奧萬大人跡最少的那條溪，溪旁楓林小徑底下，野草蔓發。

一〇三年七月廿八日

14

像設計師一樣思考

陽光
靜靜下澈，葉面
眨眨眼睛。
大地仿若波浪鼓
消了音——

兩岸HBDI首席顧問葉微微老師，卸下鼎鼐企管諮詢執行長後，從心所欲之年，仍熱情奮勇受訓，成爲DT. School大中華區設計人生認證教練。人生設計課，曾被紐約時報評爲史丹佛最夯生涯規劃課程，比爾・柏內特（Bill Burnett）、戴夫・埃文斯（Dave Evans）兩位作者，引導人們像設計師一樣思考，一步一步落實最小可行方案，活出創意圓滿的專案人生。

眞心高興，能和郁萍、紅梅，成爲葉老師設計人生教練認證五堂案例練習的伙伴，分從「愛、娛樂、工作、健康」四向度，檢視討論「我是誰？」「爲何而來？」「要往哪裡去？」的工作觀、人生觀。第一堂，二月五日的十點到十二點、十四點到十七點三十分，我們整整分享了五個多小時。不同工作領域、不同成長歷程、不同人格特質的眞誠交流，打開了彼此的視窗，也爲各自的心靈注入溫暖良善的能量。

一開始，葉老師的幾句提醒，就是亮眼的點睛，它等於是爲後續的進程，敲定了航行的大方向。當伙伴分享時，（1）只傾聽，不批判；（2）聽完，要提出對方的亮點；（3）同時，和自己的人生觀工作觀對應；（4）最後，針對伙伴人生觀工作觀不一致（矛盾、衝突）的地方，提問，確認自己的觀察是否正確。

人生如旅，行至半百，誰沒有故事沒有心情？所以，唯有尊重、欣賞和愛，才能走進彼此，窺見內心風景的美好豐盛。

金融外企資深高管，也是企業顧問公司創業者，郁萍的分享，我最受用的有三：一是在每個不同的生命階段，對工作的定義，保有主動權，隨時調整、賦予新內涵，這是我所不及的。二是常保眞心、熱情，協助員工找到自己的亮點，何其大度。三是連結國際婦女社團，持續自我成長，也眞正做事。這些經由實踐而積累的心得，就是生命可貴的成長的覺醒覺悟。

知名外企資深高管，也是優秀企業顧問，紅梅的分享，我最受用的也有三：一是她述說自己如何陪伴兒子走過青春動盪、走過求學艱難，也不停跟兒子流淚道歉的過程，我看到那個辛苦那個心痛，但也看到那個珍貴和勇敢，因爲我自己就沒做到，一遇難，心靈的眼睛常會不自覺的閉上。二是坦誠、爽氣，尤其在現今講究光鮮包裝的資本市場，敢於自剖，多麼不易。三是眞誠信主，接引上帝的光和愛，調伏療癒自己的心。

關於我自己的部分，因爲已提交了四頁的報告，就不再多言。値得一提的是，有此機緣，回顧愛、樂、工、健等內涵，反思、懺悔，然後提煉成丹帶走。坐在隔壁書房的鴻銘，聽見我誠實爲所有遺憾懺悔道歉而流下眼淚，也觸發他開始回頭整理自己的來時路。夫妻一同學習、成長、成熟，彼此的生命因此而豐富而美麗。

作爲HBDI紅黃右腦份子，填數字、畫表格，一向是我的死穴，遇到了，通常會自動跳過去。但看了郁萍「工具能量地圖」的示範，又覺得自己應該老實面對。果然，回頭用心增補後，對自己的日常有了更明晰的覺知。

好奇心、重構、徹底協作、關注過程、行動導向，融入多種理念的設計思維，可以有效協助我們掙脫重力與船錨，解構、再重擬，重新定義原本無法解決的問題。再借由工具能量地圖，借由「愛樂工健」儀表盤，畫出最重要的常規活動、自我能量條狀圖，用行動改變能量狀態，規劃史詩般的奧德賽旅程。

創意生成圖，練習想法的提取。我根據自己的生活日常，以「公園曬太陽」爲主題，進行聯想。二月冬陽正暖，自然環保公園內，一枝低垂洋紫荊正放漾芬芳，不遠處有一片咸豐草花在日光下閃耀，像極了二〇〇六年華東五十年來大雪中的白馬澗……於是，我挑出「保羅・克利、桃色粉蠟筆、窗花剪紙」三個關鍵詞，把這次作業定名「愛的修護棧」：「保羅・克利的畫，總是充滿詩性與童趣，他說繪畫就是帶著線條去散步。所以，每一個在生活中受傷的人，都可以來到『愛的修護棧』，用一隻桃色粉蠟筆，借由點線色塊，畫出各種樣式的窗花，爲自己縫合傷口。」再進行跳躍性聯想，把幾個不相干的詞彙，組成有意思的句子，成詩一首〈洋紫荊葉面有蟲洞〉，發表在《創世紀詩刊》：

洋紫荊葉面有蟲洞。
原是阡陌的行者
在心動……

剮血剮肉
剮一張朱文經緯的脈絡，
坦腹北地的春花
于窗風。

咸豐草
也隨之翻搖
白馬澗那年及膝的雪聲。
追逐保羅・克利

線條的散步，
像紋白蝶。。。。。。
爲葉間流浪的鴿子
縫補傷口。

桃色粉蠟筆
也描紅一段暖香，
填滿
心事的鋸齒狀。

陽光

靜靜下澈，葉面
眨眨眼睛。
大地仿若波浪鼓
消了音——

以前，就常常帶學生透過類似、對比、接近等三大聯想，寫寫玩玩，所以創意生成圖算是我的強項。不過，聽到伙伴們眞心的正向回饋，還是很開心。紅梅還特意捎來一篇張潔（1937-2022）「眞實做自己」的報導，留語音互相勉勵，讓鴻銘很高興我能結交這些伙伴。

還有兩個小話題也值得紀錄。一是做決策的過程，我雖非企業領域，但朱光潛《談文學》〈作文與運思〉一文中的觀點，可作有效呼應。二是「那個古老的問題：你如何知道，什麼時候知道自己眞知道了？」我的回答是：啪！就是這個。沒有其他念頭，當下清楚明白。因爲直心就是第一時刻心裡直接跳出來、未經思想的純天然的直覺。《圓覺經》也如此教導：「善男子，若諸眾生修奢摩他，先取至靜，不起思念，靜極便覺，如是初靜，從於一身至一世界，覺亦如是。」

《六祖壇經》記載，六祖惠能作了「菩提本無樹，明鏡亦非台；本來無一物，何處惹塵埃。」那首有名的偈子，結果被五祖用鞋子擦掉。惠能得了衣缽，五祖半夜親自護送他逃走。以前，我總是讀不懂這幾個地方。後來，跌跌撞撞的次數多了，才慢慢讀懂人心。識心的十二因緣結構圖，眞是入世、出世的好工具。這也是我們後來一致認爲觀看優質連續劇、關注今日頭條，有助於認識人心的原因。例如，改編自梁曉聲長篇小說的《人世間》時代劇，周秉昆坐了八年牢出來，向髮小喬春燕、曹德寶夫婦借錢而不得的那段劇情，網絡有人如此解析：「除了散碎銀兩，人的一生，總有些東西更值得我們的珍惜和守護。知世故而不世故，歷圓滑而彌天眞，或許才是人世間該有的模樣。」這個點評，多好！

另外，葉老師有兩點補充，也很精彩。一是指出我所提的「付出當下即已獲得」的思維，就是佛教經典裡的結「無漏因緣」，亦即不求回報的因緣。二是呼應《聖經》：All things bright and beautiful, all creatures great and small, all things wise and wonderful, the Lord God made them all.物無大小高下美醜，一切存有，皆是上帝美好的祝福和創造。所以，「Designing Your Life：How to Build a Well-Lived, Joyful Life」，書名翻譯爲「人生設計」或「設計人生」，何者較適宜?就語法結構來剖析，「人生設計」是主語

（人生）＋形容性謂語（設計）；「設計人生」是主語（省略）＋謂語（設計）＋賓語（人生）。請問：這個省略的主語，是人？還是上帝？以此來看，「人生設計」的譯法，較謙卑；而「設計人生」的譯法，則是人僭越了。

二〇一一年三月八日

15

幾點心得分享

蓮花生大士：

在每一個俗務中，

以無念作爲封印，

並以累積福德的行爲作迴向。

聽完《設計你的工作人生》作者Bill Burnett和王成博士「後疫情時代，如何重構你的工作」直播，受葉老師之邀，寫幾點心得回饋。

以前中學教書時，要寫教案，教案欄目的第一條，就是要下「教學目標」，指明預期在「認知」、「能力」、「情意」等方面要達成哪些目標。同理，主辦單位也爲這次分享會標注了「發現」、「找到」、「獲得」三個重點，爲讀者點睛。

工作，佔用了人生最菁華的時段。據Bill統計，全球將近百分之八十五的人，卡在工作壓力、不良工作文化、缺乏價值感等困境之中，所以他分享三個觀點，引導讀者，如何「發現：破解事業困境的思維和方法」，如何「找到：未來職業生涯的可能性」，又如何「獲得：更加精彩而有價值的人生」。

這個疫情變化莫測的時代，我覺得「Don't Resign; Re-Design」的思維角度，對年輕一代而言，是個好建議。「行」的甲骨文，就是十字路口的意思。左邊的「彳」，指小步子；右邊的「亍」，是步、停止。所以單單一個「行」字，就告訴我們實踐的步法節奏要沉要穩。處於工作困境的十字路口時，若能耐下心來，實際操作「Reframe & Reenlist 重構&重新開始」、「Remodel 改造」、「Relocate 內部換崗」、「Reinvent 創造職位」等四個方法，借此來重新釐清自己的心情，甚至重新解構、重新設計目前的職務，當可爲自己迎來不一樣的曙光。

如何「內部換崗」？如何「創造職位」？有四步驟可依循：（1）保持好奇心；（2）與人交談；（3）不斷嘗試；（4）講述你的故事。然後，Virtuous Cycle。落實「輸入&輸出」的自我反思、自我教育、自我管理的良性循環，我覺得這是西方方法論值得參考的地方。

Bill闡述：In the market economy, we make MONEY. In the social economy, we make IMPACT. In the creative economy, we make EXPRESSION.人生是金錢力、影響力、表達力三個維度的融合，我們可以根據這三維度，評估自己的人生，然後重新設計、嘗試、再微調，打造專屬自己的人生調音器（Maker Capacity + Output Level = Maker Mix）。這是個好主意，我從未做過這類視角的思考。金錢關涉生存，影響力關涉生活，創意表達關涉生命質感，只要不貪戀、不纏縛，我認爲這是很理想的人生狀態。

「人生設計」在設計思維五步法（同理心、定義問題、生成想法、製作原型、測試）開始之前，加入最重要的一步——接受。接受有壓迫性、抑制性、投入性等三種類型，我們要學會的是投入&保持生成性（Generative Acceptance）。

這個觀點，我也覺得很棒。舊世界要過渡到新世界，中間會有一道Gap。這道Gap，這個坎，可以是空等虛耗的Waiting Room，也可以是透過Reframe、Disruption Design 的工夫，讓它成爲有覺知力的 Acceptance Zone。而這，全繫乎一心。靠的是，練習拿回生命的主動權。

總結《設計你的工作人生》的三個IDEA：（1）不要辭職，重新設計，重構你的工作；（2）調動你的人生調音器；（3）學會生成式接受。生活充滿意外和顛覆，我們要堅信人生充滿無限的可能。

桓順聽見我們在討論這個話題，也走過來分享他的疑問：「看了《人生設計課》，書中不太談工作要怎麼賺錢，只談工作的意義。但對年輕人來說，能賺錢是最重要的。」是啊！錢不是萬能，但沒有錢，萬萬不能。Bill指「金錢 or 意義？」是錯誤的二分法，還引用愛因斯坦的話（一說是William Bruce Cameron，而非Albert Einstein）佐證：“I believe that not everything that can be counted counts, and not everything that counts can be counted.”（我相信，能被計算的，不一定重要；重要的，不一定能被計算。）金錢，是努力工作所帶來的結果而不是唯一目標，我們都知道這個觀點正確。但對連「基本生存線」都還沒有邁過去的人而言，談「意義」，眞的很奢侈。

尤其在這個強調拷貝、複製、快速致富的資本主義時代，如何邁過生存線，是很大的關卡。人之所以「有量」（台語），是因爲有底氣（含精神和物質層面）。

常聽鴻銘說：「轉念、對焦、微調，簡單三步驟，對很多員工來說，爲何那麼難？」這個提問，就和我每次到傳統菜市場買菜，看見彎腰躬身風霜的身影，心總會有一點酸一樣。腳踏實地，賺取自己和一家老小生活所需，當然値得尊敬。依照生態鏈的排序，會站在這裡叫賣的菜販，每天很用力的轉，也只能溫飽。他們不努力嗎？但爲了維持生計，總有無數的事情要做，根本無暇思維。甚至連「思維」這個念頭都不曾有過，更別談還要Reframe、Remodel、Redesign了。

蓮花生大士曾教導卓地的亭邦瑪女，無須捨棄日常工作，亦能覺醒開悟的方法：「在每一個俗務中，以無念作爲封印，並以累積福德的行爲作迴向」；「如果你能如此修持，你所做的每一個行爲都會變成帶領你證得佛果的法。」衷心祝福所有眾生，當如蓮師的教導，存心養性，眞積力久，終能打破業力。然後也有那個機緣，心光一亮，發現，找到，獲得。

一一一年六月九日

16

當正向陽

天大地大人亦大，
人之所以也可名之爲大，
是因爲心中有德，直面天地自然，
學習成熟做大人。

葉微微老師邀集的5堂人生設計課接近尾聲時，彼此互有眷戀意，故而開啓了隔週WeChat線上主題分享的後續，並由我以前爲UBC講座而準備的「空間母語：閩南合院建築的空間意涵」爲首發。

三月十一日第一次分享，由於三位伙伴的發問切中要點，彼此意念交相往來觸發，兩個半小時過去了，四個子題僅進行了一半。會後，鴻銘問：「所謂『生處熟，熟處生』，有沒有新的心得啊？」因此想起幾天前重新整理PPT，讀到宋代高承《事物紀原．堂》「當正向陽之屋」的定義時，心頭浮現的那個看見。

*

我所有關於合院兩大核心空間堂與庭的啓蒙，均來自王鎭華老師《中國建築備忘錄》這本書。知道位居建築群中軸線上的堂，以正面的祭祀牆、對稱的門窗家具，達到「正」的效果；堂前的庭，引導人的視線，覺受天地自然的存在，達到「大」的效果。而且，這種正大之氣，溢乎堂庭實際面積的大小，呼應《易經》的「天、人、地」體系。

所以，堂沒有門，或門雖設而常開，利用廊簷這個中介空間和庭產生連結。庭的設計，上有天光，下有后土，是人與天地自然的對話，也是建築群通風採光之處，更是農收時的晒穀場，家庭手工副業的備用場，兒童遊戲場，家人乘涼聊天處，婚喪喜慶的場所，各院落往來的通道……，運用彈性靈活。

或許是六年來往復校稿《易經白話生活譯》近十次的緣故吧！在裡頭習染日久，這次對「當正向陽」這四個字，有了更精微的感受和體悟。

格（體）來正（主）應，道來德應。當正，除了外在格局的正，同時也指向內心，要眞的跟中道（主跟體、德跟道）呼應，有中才有正，有正才是大（向陽），所以大在正。大，在老子的定義，根本就是道，道名曰大。天大地大人亦大，人之所以也可名之爲大，是因爲心中有德，直面天地自然，學習成熟做大人。而這，正是堂庭教育的奧義。

某次閑聊，聊到撰寫《辭章章法四大律》一書的序文，我仿擬王老師的話語，把某段小標題訂爲「一個夠大的開始」。鴻銘聽了，說：「那是因爲你們的心夠純夠正，才說得出這樣的話。」是啊！內在正了（德，直心也），四卦德的元，才可能是一個夠大的開始。原來，正與大，內與外，人文與自然，陽餘與陰餘，堂與庭這樣的空間設計，關注的就是人和德和道的關係，而高承對堂「當正向陽」的指陳，也確實是很精當的形容。

回頭再來看「熟處生」的那個「生」，它是活的，飽滿的，生氣盎然的。它是生命氣息的自然流動、興發和感通。一如「溫故知新」的「新」，是日常熟習處（故）的陌生化，是從平凡中轉出的清新。亦如老幹新枝的那個芽，一股往前創生的能量，湧現許多生機，而老幹就是凝聚、積累在自己身上的德行心得。當積累夠到位（也到味），工夫即主體。大化流行，緩緩移動，心得也日新，如此自不易固化、僵化，乃至演爲吃人的禮教。

很欣喜自己能看見從默會之知轉爲明晰之知的那個亮光。

＊

幾千年來，合院提供了這樣的居住空間，讓生活在裡頭的人可以俯仰朝夕。現代人少了堂庭，是否就無法涵養正大之氣？

當然不會。只是增加難度。

《大學》說誠意正心，《無染覺性》說一切外相的顯現皆是心性的流露。老天爺給我們的這顆真心是真佛，身體是莊嚴廟堂，而生活和自然是修行道場。時代文明的變化，我們攔不住，但要是能像《易經》比卦六二《象》所說的「不自失」，或《管子．小問》所說的「由由茲免」，由德、由道、由自己的主體，就不足以失去自我當下的存在感、真實感。每天醒來，中道光明朗淨，就在心頭、在眼前。怎麼涵養？以《論語．八佾》所說的「祭如在」精神，把自己的心的頻率，慢慢調到跟天地一如，活出自己該有的樣子。

王老師有一段話，很觸動我的心：「你對主體，能不能能入能出？你對自己的位（德行實踐），能不能能入能出？如果兩個回答都是有把握的，不管天下大亂或不景氣，不會離開生命的本質。原來，能入能出是很透的生命境界。」所有皆是心性的流露，無執著是諸佛行止。因此，當我禮敬廳堂神龕上的佛像，實是禮敬我心中三世諸佛。這，或許也可用來解篤信主的紅梅所提出的「偶像崇拜」的疑問。

*

我舉林安泰古厝平面圖，說明合院建築是個有機的生命體，紅梅也談及她兒時戲耍於什剎海邊兒的合院的體驗，說那個天井裡有池水有綠樹，春花如何嬌豔，夏果如何汁甜，孩童如何恣意，苔蘚如何蒼潤……。果然，生命的況味，說的再深刻，再像個哲學家，終究不及眞正的活在合院裡，和它一塊兒呼吸，一塊兒成長。

很有門第觀的紅梅爸，說女孩兒宜戴長耳環，像古代君子必佩玉，對行止端莊有度提個醒，才「有樣子」。這個老北京的故事，很有意思。

二〇一九年，陪兒子到北京註冊讀研，曾小逛南鑼鼓巷、菸袋斜街大小胡同。網絡自媒體發達的時代，各城鎮文創樣貌太像孿生兄弟，唯有漫步到什剎海時，深感古國故都的風韻。聽說恭王府就是經典合院格局，可惜當時對兒子的狀態有諸多擔憂，無心遊覽而錯過。我們住宿的地點靠近王府井大街，十數日在這兒進出，踩過史家胡同，也對從小就在王府井小學老牌樓出入是一種怎樣的感覺，懷有很多想像。是不是就像人生活在堂這樣的精神空間，上有祖宗，下有孩子，「現在」會連結「過去」和「未來」匯成一條文化歷史長流，然後如《論語．學而》「慎終追遠，民德歸厚矣」所指，人會因德行積累而厚道起來。

紅梅回應她對此特有感覺，因爲文革以後，幾乎聽不見「厚道」這個詞了，一如現代若有人說你「誠實」，就等同說你是個傻子。

*

合院時光是遠了。

當年爲了〈合院建築的德觀思想〉碩士報告，鴻銘和孩子陪我去拍幻燈片的林安泰古厝，素樸風貌經風霜經二〇一〇花博展而日形萎縮，但抱著幻燈機走在師大校園的那個心神，和讀幼兒園的婉暄一間教室一間教室找我，桓順把師大路讀成帥大路的笑語一樣，飛揚如昨。

要肯定得起從這塊土地長出來的文化。王老師的「貞定其異，感應其同；同則相感，異則相動」，是面對中西文化的接觸和踫撞的健康態度。

《象》：「革，水火相息。」最相反相成的水火是很大的生命象徵，所以最好的匹配是光和澤。一個人，若也能如堂如庭，當正，向陽，眞的活得好，看起來肯定是有光有澤。

一一一年三月十八日

17

來書院讀生活

挺住脊梁，

喚起本來具足的主體，

以此岸的淺鄙，呼應默契彼岸的另一個主體，

是交會，也是溫習。

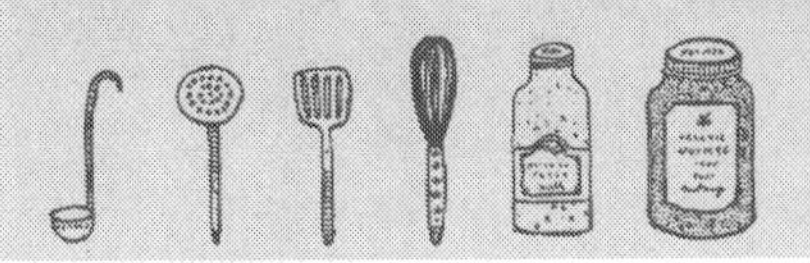

安身於永和老巷弄，向內收斂的獨幢建築，毗鄰了一間台灣特有的神壇信仰。德簡書院通透的窗，向天地借取一塊自然，貼在七樓的陽台。微型的珊瑚石盆栽和草木，成全了中國文人的庭園造景。

只要推開書院正門，就可以沁潤簡靜古風。

來此聽課，挺住脊梁，喚起本來具足的主體，以此岸的淺鄙，呼應默契彼岸的另一個主體，是交會，也是溫習。

心中有所感有所悟，記下來的，雖然只是王老師從日常讀書生活提煉出來的簡樸中實的話語，但熨燙過此心去，就是覺得意味興味兼具。如水面落花，遇見了小漩渦，轉個三兩圈，再隨流而去。又如襲衣芳潤，隨晚風散於拉長身影的小小山尖的夕照裡。所以遇著了，就只是拾起，毋須掛意它是出自儒學道學佛學或任何典籍。

至於王老師交待課後要思索的「何爲神學？」「何爲形而上學？」「何爲形而下學？」等議題，我心中有點明白，卻描述不出來。

更何況，課堂中，王老師的解析已十分明晰。尤其形而上形而下兼具的部分，領受特別深。如「樸，活，常，大」；「柔順，緩生，累積，整合」；「潛能、意識；過程、法則、秩序、道之理；和諧、一體」。三組關鍵詞，就把「天命之謂性」、「物與無妄」等配天「常道」最扼要的神髓，大致不漏的囊括。

我認為，顯微鏡底下的那一隻跳蚤，虎克觀察、驗證、領悟的，是形而下學，也是形而上學，甚至是神學。因為生命是一個整體，不管形而上形而下，都不該是能所二分。當然，也不該是渾淪的無法區別。它並非是複印在絹帛上的太極圖形。黑、黑之中的一點白，白、白之中的一點黑，幾個點線就切割得那麼無干無涉。應是如如在動中。有分際，有交會，卻難繪。因為大部分時候，我自己也常常處於恍兮惚兮之間。

形而上，是人對生命存有的哲思和試圖詮釋。神學的核心，語言文字雖然搆不著，但王老師上課所形容的「明白而神秘」，很可作為「指月」的那一「指」。明白，以其天賦的主體，明然而存在，也就是六祖惠能所說的本自清淨具足。神秘，以其清楚明白，但思議所不及；慈悲無量，但情感所不及；大而無畏，但意志所不及。

形而下，包含了大自然的全部，及生命本身。尤其是如何落實生活這部分，是吸引我來到書院的最根本原因。正如華梵大學朱校長所說，師母陪伴王老師，誠實貼緊日常，用心活出文化人的生命味道，這一塊最眞最美。

每個生命都是獨立的個體，每個人此趟的修煉，也有不一樣的課題。晶瑩剔透的本心，我一直明然在，悟性也不會太少。但，然後呢？還是得回到現世的生活裡，老老實實一步一步走下去。

「每天著手處」的「下學」工夫，才是此生的最難。學習如何像王老師及師母一般貼緊日常；學習如何在最粗鄙最繁瑣，沉穩下來，見到它的可意會處；學習如何回轉過身來，不閃不躲，正視人間台面的無奈與悲傷。這些，都是我最需要勇敢貼近的區塊。若能眞正實踐了，就是同時在形而上及神學的領域，拉煉丹的風火爐。

如王老師所言，人若懂得了「復自道」，那麼人心台面與主體的距離，就不會那麼遠。沒有眞正踏出去的生命，終究是虛無。雖然跨出去的每一步，常常也會踩偏。踩偏了，就回返本心，誠正心念的角度，然後再踏出。如果，生命可以眞誠的在踏出、反省、觀照，踏出、反省、觀照……，「復自道」的歷程中「修」與「養」，我相信，終可復「至」道。（此觀點，是和許先生意見交流後的激迸，所以他無慚色的說，這份作業他也有份。）

相較於形而上形而下的話題，我更想分享下課十分鐘的心情。我覺得那是很珍貴的一道，神思消息伸展的留白。無論是捧著厚拙的陶杯啜口普洱茶，或嚼食師母準備的水果雜糧，只要傍著廚房木桌而立，就可以很欣然的重溫一段差點遺忘的舊時光。有點像阿亍這般年紀，八、九歲。只是慧黠之中，再添一些些的羞赧。

它有若靜肅古典音樂會的中場，人自由走動，無序卻不雜。又有若同學在課堂中提到的桃園深山的原生種稻，潛能昂揚。

傳統中文系出身，我坦承自己有頗深的文字障，另一種形式的心盲。急功，近利，凡事理所當然。沒有足夠的耐性，真誠面對每一個可以立體起來的方塊字。懶於識字的本源，疏於玩索符碼背後的文化，故而書寫癱軟無力，挺立不起獨特的風景。

這些，都是要命的習染。我也深刻自省。

二〇二二年十一月五日

補記：

這篇文章是王老師「德與道的天人宣言」系列講座（二〇二一年九月二十二日—十二月二十九日）的回家作業。書寫時，恰逢鴻銘出差蘇州回電報平安。他說：「我沒有學過章法學、修辭學、建築學，太深的學問都不會。但爲了表達對你的作業的最高肯定，強烈建議：一定要把我的名字跟你的名字並列。」不敢有違，特意在此，書一筆。

18

蒼蒼，橫翠微

順隨本心，

讓每個晨夕，

讓木窗下的每一次呼吸，

都專注，大氣，輕盈。

Koerner Library窗外的冊頁，翻過了葉綠，翻過了葉黃，隨著松鼠和烏鴉跳深了Main Mall兩旁長林落葉的色階，此次來UBC研究訪問所蒐集的文獻也日漸豐盈。

此地人告訴我，這是溫哥華最好的季節。Indian Summer，陽光燦爛。

Koerner前方的Barber Learning Centre的石建築及鐘塔，冷靜，收斂，在藍天下閃耀著理性和意志之魂的光澤。這光澤，多麼不同於我所熟悉的傳統合院木構架建築；一如西方的文章結構理論，也多麼不同於我所熟悉的屬於中國語文的篇章結構學。而那是建構我整個學術思維體系的本源。

第一次從師大圖書館五樓書架上抽取出唐君毅徐復觀等前人書本，指間彈落的懸浮粒子隨光束的流動，化爲嗅覺符碼而搔出的希微。摩托車在劍潭與師大之間的每一個路口，和成百車龍接踵合流而後又分馳的煙塵。剛讀小學一年級的桓順坐在阿公的腳踏車後座，欣欣然從屋外傳回三樓書房的「媽媽我回來了！」的童心。博士學位取得後隨鴻銘移居蘇州，五十年未見的華東大雪雪落陽光嘉業小區，雪落留園華步小築明瑟樓和可亭的靜寂……

聲音的腳印，一點，一點，落在不同的時空裡。移位著，也轉位著。

後來，移到了後山花蓮，又轉到了這異國的林子。當時因爲諸多不成熟而未能及時善逝的遺憾，也開始無法隱諱的一點一點閃現在其間。

靜中，方識己心。

於是，就在另一種文化的差異空間裡，精敏沉靜的呼吸，引我清楚面對中英文化符碼的歧異，面對中英文章結構理論該如何比較又如何會通的議題。那就是，唯有先走回本源，再次銳化母體文化的形與神，才能啓動下一步的創新。

於是，我決定轉身，回頭重修我的博士論文。

一個夠大的開始

《周易》乾卦有元亨利貞四個特性。元，是一個夠大的開始。亨，是整個生命過程。利，就是善。這個夠大的開始，這個對周遭有益的通暢的整體，它就是一個正道。

所以眞正的正（貞），必須具備前面這三者。

一切藝術最深的根源，乃是眞與誠。而眞誠不息，正是一切事物形成秩序、變化、聯貫，以致統一的原動力。它若透過人之心，投射在章法上，那就是「四大律」之理了。

例如，本指兩種繪畫手法的「點染」一詞，若就其理論部分加以定義和延伸，可以援引來稱呼類似畫法的一種文章作法。點，指時空的一個落足點，用作敘事、寫景、抒情、或說理的引子、橋梁或收尾。染，指眞正用來敘事、寫景、抒情、或說理的主體。因爲創作的人，總會選取時空中最能抒發情理的景事物作爲切入點，然後予以擴散渲染，統合各種時空材料，形成秩序性或變化性的層次邏輯。再藉由情感力勢的流動，而聯貫，而統一，而形成其風格韻律。

確立了原則、範圍，和主要內容。兼顧了理論，和應用。進而，尋求其哲學及美感意涵。形成較完整體系的章法四大律，具足一個原生的夠大的開始，對辭章學研究領域的生發有益，終而拓植成一個通暢貞固的整體。

而這，不僅應合了乾卦的四個特性，也飽蘊了我何以調整修改博士論文爲四大律的決斷和意念。

真心而做

只是當時的企圖心雖大，也在陳滿銘教授所奠立的基礎，完成〈論辭章章法四大律〉（刊登《中國學術年刊》），然理論建構和文獻駕馭的能力，仍透出許多的不完善。

如何改正？瑪麗亞·蒙特梭利（Maria Montessori,1870-1952）說，唯有面對、反省、澄清與調整。

所以，我毅然重新擬定章節次序，刪修舛誤，剔除虛榮的材料堆砌，並從近幾年發表的論文中擇取適宜的例證，卯榫理論和實踐。

往者，屈也；來者，信也。雖然戮力修訂後，書中一定還留有因個人胸襟及才膽識力不足所造成的遺憾，但絕無剪刀漿糊的剽掠。

我傾慕荀子〈勸學〉所指向的「入乎耳，著乎心，布乎四體，形乎動靜」的爲己之學，也一直深信「學術」是個聯合式複詞。術，和方法技巧有關。而學，覺也，則和生命感通有關。《周易》頤卦，指觀頤以養德。養德，在實踐。所以任何學問之道，必通向主體（德與道、心本身和生命本身）的學習成長成熟。

我很珍惜整整四個月的修改歷程，和緩緩流過其間的種種心情。

博大，在精微。故而順隨本心，讓每個晨夕，讓木窗下的每一次呼吸，都專注，大氣，輕盈。

眞誠面對每個章節，每個字句。眞誠面對情感注入後，汩汩湧現的心光自明。如實沁潤在無垢舞蹈劇場藝術總監林麗珍女士所說，「撿紙屑也好、跳舞也好，都是一種工作，認眞地去做，都會在過程中得到很多的啓示。一定不能貪心，從基礎一點一點慢慢累積，每天認眞地、無心地練……」

跳舞，要眞心。學術，要眞心。

當我們爲自己眞心而做，內心開始擁有。

哲學的意味，章法的內涵

其實《周易》也好，《老子》也好，古代哲人早已道盡了文學的哲學意味，早已告訴我們有陰就有陽，有後就有前，有左就有右，有往外就有往內。

《周易》主在抒發宇宙「動」的大義。言萬有之動，有其會通之理，有其一定的規律。它把天道地道人道，一統於乾坤陰陽剛柔的交感作用。經由剛性質之力和柔性質之力的摩盪，產生一連串的推移、運動、變化，終合成六十四卦物物對待、事事交感的旁通系統。

我在《周易》、《老子》、前人研究成果中，探討秩序與變化移位轉位的哲學意涵。待掌握到具有一定的成熟度時，發表了〈《周易》「移位」、「轉位」論〉（刊登《孔孟月刊》）。至於《老子》移位轉位的部分，由於某些無法言說的因素，未來得及發表。此次，也幾度踟躕在或刪或留的意念之中，終因顧及哲理的完整性，稍作修改後把它保留了下來。

宇宙，是一個動態性的連續體。它具有內在聯繫性，相互依存性，和無限的發展潛能。人，也唯有在事物具有普遍聯繫的基礎上，才能有意識地進行聯想想像等創造性思維活動。同時因此種兩相對待的律則，而使人、事物、自然之間，發生剛或柔（對比或調和）的聯繫。

我據此尋出了章法二元對待的哲學根源，發表〈論章法「二元對待」的哲學意涵〉（刊登《先秦兩漢學術學報》）。也由此見到了它和中國傳統建築隱而不顯的內在連結的紐帶，發表〈中國建築二元對待空間語法哲學意涵析論——以《周易》爲考察核心〉（刊登《國立台灣大學建築與城鄉研究學報》）、〈從「內外」探討傳統合院建築之空間意涵〉（刊登《建築學報》）等論文。

所有形式的存有，顯示了動態性、聯繫性、整體性等三種基調。在「動」的歷程中，它會產生不斷的變化。而其歷程，也必然形成秩序，必然不斷地由局部和局部的聯貫，逐步趨於整體的統一。

章法四大律，同樣根植於這些邏輯規律。

而作者藉由具體客觀的「象」來寄託抽象主觀的「意」所凸顯的由本而末的順向結構，和讀者藉由「象」向上探索作者之「意」所凸顯的由末而本的逆向結構，使語文能力的創作（順）和辭章研究的鑑賞（逆）合爲一軌，形成互動、循環、提升的螺旋結構。

有時，存在事物和觀感所得的心象之間，心象和表達之間，表達和接受之間，存在許多罅隙，形成一道空白，而有象外、意外等美學疆域的產生。關乎此，辭章與意象、意象與意境、象不盡意等議題的探討，也就成爲勢之必然。

美感的產生，離不開作者在審美過程中的心理感受。美學上所說的氣韻生動，就是生命的節奏。它能帶給造形以生命感，速度感。也會伴隨著層次的造形，反復的安排，連續的動態，轉移的趨勢，出現如漸進、流動、疏密、方向、回旋等現象。而讀者，唯有調動先天悟性和後天學養，發揮藝術的想像力和創造力，才得以在塡補、超越空白的轉化過程中，深入生命節奏的核心，遊於物之所不得遯而皆存。

至此，哲學的意味和章法的內涵，終有了動態的整體的聯繫。

往前創生，也在後凝聚

Koerner Library再往前幾步，就是Rose Garden了，絕好的夕照觀賞處。一日將盡未盡時，我也喜歡和大部分學子一樣，佇此，靜看落日暉光涓涓映照在峽灣前的人類學博物館及其周圍的林梢。

林梢那個油然明亮如心光的新綠，就是天地間一股乾的力量。它不斷的往前創生，而在後面凝聚起來的枝葉及其他，就是坤。

乾，居於動力的主導地位而顯得凸出；坤，作爲在後凝聚的力量，也不容忽視。兩者構成一個兩相對待的動態發展序列，不二也不一。因爲生命的向前開展，就是向內溯源的過程。一如辭章學研究，異質性的激活是往前創新，而本體文化的內溯是凝聚在後。

又如李白下了終南山後的回頭一望：山色蒼蒼，翠微其上。

一〇四年十月九日初稿
一〇七年五月廿八日二修

補記：

此爲萬卷樓圖書出版《辭章章法四大律》一書所寫的序文。論文修改期間，一邊閱讀王鎮華老師的《道不遠人，德在人心》這本書作爲性靈的調劑。許多意念，許多感懷，因而觸發，因此成形。

輯三・情鍾

19

寄大晶法師

對於心本身及生命本身，

你清明得比我早，

也比我勇敢。

沒有鄉愿，沒有虛應。

你的信，從中南半島陌生國度送抵士林的信箱時，我剛掩上介仁校區2C243研究室的門，回返同心圓宿舍。

阿公在飯廳廚房進進出出整理晚餐後的鍋碗瓢盆，桓順在客廳耍弄阿公從港天宮附近的傢俱工廠買回來的長竹棍。我倚靠在陽台女兒牆，聽著你姐夫展信，透過話筒，復刻信紙裡的音訊。

寫你正禪坐於緬甸山中一座沒有水電的小佛寺，寫你禪坐時般若自性裡流出來的清淨，寫你禪坐時見到了我們的童年並誠心感謝一路走來我對你的護持，寫這封信是先轉給仰光某某精舍的居士再請託他寄回台灣，寫禪修者不宜思慮太多所以就此擱筆……。一句句，一聲聲，直接穿越士林舊家的牆圍，中央山脈脊梁的清峻，來到花蓮美崙溪畔暫棲的所居，逼得我的青衫盡是無始以來的傷情。

今夜，一個鏽黑的殘夏，風乾涸的忘記了流動。過往塵事及血緣思念，卻如潮如湧，無端無涯的襲奪，滅頂了我的心，我的口。

簡樸純淨的童年，寒蹇不安的少年，而今都遠逝了，遠逝得如散逸於蒼穹的幾朵煙雲。唯一留存下來的，是一張張斷續不相連的、瞬閃即瞬逝的單一畫面。有些，鮮明的好似昨日，那是陽光照射得到的角落溫馨；還有更多的蒙昧躲藏在晦澀的背後，那是我仍然不敢面對的灰黑。

我們共同生活了十八年，一起吵鬧，一起鬥氣，一起幫忙農事，直到我考上師大，北上讀書。師大畢業後回鄉教書兩年。之後，嫁人，生子，在台北長住，在俗塵翻滾，幾乎已不復記得自己的本來面目。

同心圓一八〇號14樓之5的陽台外，吉安鄉的千家霓虹騰騰閃閃，閃向中央山脈歧出的峰巒。我站在它腳底下的砂婆礑溪及美崙溪流域回看屬於烏溪流域的童年。鏡頭一格一格跳過去，關於霧峰鄉下所有的悲喜，全然聚焦在那個淘洗白米的轆轤古井，和滿畦滿園怎麼拔也拔不完的青青草綠。

搭棚架，絞鐵絲，植苦瓜苗，牽苦瓜藤，幫新生的瓜仔釘上防黑防蟲的紙袋，清理瓜棚下不待春風即蔓生的野草。一邊幫阿爸採瓜，分級，裝籃，一邊吵架。抱長竹竿給阿爸插四季豆豆藤攀爬的籬架，然後和阿媽包辦阿爸隨插秧團插過一畝又一畝的秧田離家遠去後的四季豆的摘活。等種在馬路邊的美濃瓜成熟了，滿籮筐的瓜和磅秤一放，臨時路邊水果攤就具足了雛型。

有時背著阿宏，沿牛車路走到溪仔底台糖租種的白甘蔗園，剝下已枯乾的甘蔗葉，一捆一捆的綁好拖回門口埕曝曬，權作大灶的燃料。有時和阿媽涉水過枯水期的烏溪底，刈五節芒，撿拾從深山漂流下來的木頭。農事少一點的暑假，則是坐在豐正加工出口區的生產線，敲鞋襯，黏鞋跟，依完成的件數領取酬勞。

那是家中經濟最困窘的年代，餐餐蔥仔炒我們自己曬的菜脯。記得，你還曾為此賭氣不肯吃飯。魯鈍的我幫不了什麼，只能趁日頭炙豔的正中午，獨自到桂竹叢下的水溝摸蛤仔。大的醃漬，小的煮湯，為貧瘠的餐桌，再端出一道菜，一碗湯。

原本完整的閩南三合院式黑瓦土埆厝，分家後，排行老三的阿爸分得公媽廳左側最尾端的一間半房子。房子太小，凸襯得孩子太多。屋裡僅有的一張舊式大眠床擠不下阿爸阿媽和四個日漸抽長的孩子，小學五年級以後的我們和二伯的女兒，改去跟阿嬤共享一張大床。那是汗漿洗淨後最清涼的夜光，我們滾在黑漆的蚊帳裡，搶枕頭，胡聊女孩們的話題。六年級時，爲了湊足台北旅行的一百二十元，每天中午走二十分鐘的路程，回家合吃一束自己燙的豬油拌麵線，再趕回學校去上下午的課程。微雨之中，站在杜鵑花叢石階回望陽明山國家公園的花鐘，終也成爲我們心中那一道，微而不弱的清新。

塵事如昨，點點閃閃，明滅在吉安鄉向陽山茶鋪身後如墨的山群。我在此想像緬甸那個沒有水沒有電的山中小村落，想像村民們日升日落的生活，是否也近似於七、八〇年代台灣大部分家庭的窘迫。

童年，我們都是在自卑又自尊中成長。阿媽很勤苦，卻不太會理家，兜攏不了四個孩子的心。無法靠近的彼此，缺乏愛的環擁和學習。是不是這些因素，導致多次受挫大學聯考的你，選擇了佛陀從雙林樹下走出來的那一條路？

我們兩人唯一的不同，就是這些加諸於生活的繁瑣，未曾阻擋我在學校課堂裡的分數。你慧敏於我，卻讀不好書，總是無法解開數學考卷上所有的數字和公式，備嘗冷暖，很早就學會見到事情表象底下的眞實。

書讀得不出色，當下或許是遺憾，放長了時間來看，這個劣勢反而反轉過來逼使你更早發現自己。所以對於心本身及生命本身，你清明得比我早，也比我勇敢。沒有鄉愿，沒有虛應。

二十四歲，比一朵花還要漾的年紀，你背了一袋書和幾瓶佳麗寶保養品，北上，坐在福港街3樓的榻榻米交待選擇出家的因由。後來，就是我搭夜車趕回北勢仔的家。風波不斷的阿雄當兵去了，阿宏讀書台北工專。甚於煤坑的黑夜，阿媽站在門庭前，拉衣袖擦淚水，數落著你的不孝。屋牆外，冷霜霜的田水，連向阿秋伯仔他們家的芭樂園。天荒地冷，荒冷得我第二天就惶急的逃離。

文殊院椰林精舍下的探訪失意後，我缺席了你的剃度和授證儀式，遺忘了騎著腳踏車載你行過小學三年級導師家門前那一條馬路的記憶。如同明德國中校門外的那一排木棉，收起了中台灣的坦率和熱情，漸漸混濁於台北的天空。

以佛教為全民信仰的緬甸叢林，究竟是哪一種光景？曾有家旅行社在報紙刊登了一則緬甸佛寺短期出家的訊息，刊載的畫面就是僧侶們的日常作息。

我在毗鄰太倉公墓累累墳頭的陽台，想你在那裡禪修的情景，想你不計愆尤的感念我對你是這麼的護持，不禁悲從中來，放聲哭泣。

這些年，我時常懺悔自己的怯懦愚魯，無能顧好你們每一個人的心。就像有一次，六年忠班花圃前的幾架秋千，淤滿了久雨後滑腳的泥濘，無視老師的禁止，跳揚得好高好高的你，被罰站在那裡，我卻遠遠地不敢靠近。國中時的週會，你被教務處薛主任抽中當眾誦讀英文，一個字都念不出來，被罰站了大半個清晨。我不敢讓同學知道我們是姐妹，只敢回家後，在你的英文課本的每一個英文字底下，標示你讀得出來的注音。

當同村孩子玩得胡天胡地，我們已在農地裡求生存。求學後，標準答案的追尋，我開始害怕試卷以外的嘗試。書念得太滑順而停不下來的我，從來沒有想過要問問自己，喜歡什麼？不喜歡什麼？要做什麼？不做什麼？笨拙的，混亂的，在世俗定義的框架和體系裡旋轉浮沉，追尋雷電泡影的認同和肯定，怎麼也碰觸不了最深底層最真實的自己。一直要到好久好久以後，職場弧到了花蓮。

花蓮的這一個夜，風鬱悶得發黑，如同四年前夜遊的西塘古鎮。那一夜，古鎮的風也凝固了酥油的香和膩，但見石拱橋底下，幢幢水燈的倒影冉冉悠悠，搖紅了俗世兒女卑微的祈求。

你在剃度法師圓寂，僧團解散，依止美籍法師，近十年的幾度輾轉後，終究在一個我設想未及的陌生國度，佛法南傳後的菩提叢林，找到了相契的禪修地。禪坐，經行，一念一念覺受本心裡流出來的清明。剔透晶瑩，一如你的法號——大晶。

在你姐夫打來的話筒裡，我如實靈犀了你自性裡流出來的感思，亦悲，亦喜。阿爸和阿媽辛勤養大了我們，而今緣淺四逸。你找到了屬於你的佛門，我依然在人間世裡，撞跌，尋覓。

一〇二年八月三十日

補記：

自一〇〇年九月收到大晶法師的來信，一直梳攏不了雜遝的思緒，寫寫停停了兩年。直到桓順和阿公都離開了花蓮，這封信才約略成形。

20

阿媽的八萬塊錢

那是不識字農婦的閨怨。

沒有可打的黃鶯，

也沒有簾捲時，

閨中女子妝容精美的富麗。

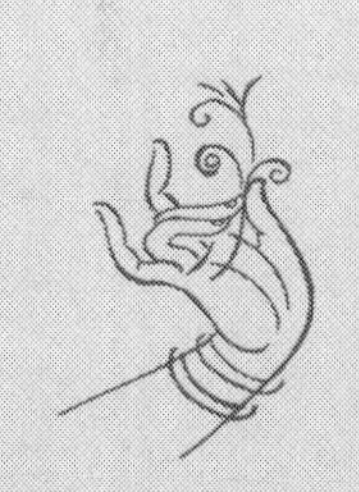

爲了趕赴彰化師大辦理大學新生報到等事宜，我和暄提前一日回霧峰小宿。晚飯後，阿媽相邀到大路口的聖三媽那裡走走。

敬了香，天暗後的鄉間，甚少人行。我立在天公爐外的柏油小路，靜聽青青稻禾在田水裡沛然的生機。阿媽邁過身來，先是閒話姑舅妯娌之間的瑣事，叨念她和阿爸四十年如一的口角，繼之點數身體一向硬朗的阿爸，八月裡竟然開始交待起身後事，交待三分田地要如何分割、兩間老厝要如何處置，交待得阿媽號啕大哭，哭她從年輕時就跟著阿爸在農田裡吃苦，哭如果離開了四十年摩挲的灶腳厝，此後不知如何維生。

本來飄到九股路仔另一端去的神思，阿媽這麼一哭，瞬即被拉回到天公爐前面。爐裡的三炷香，剛剛燃燒過半。小小的紅點，弧引煙痕裊裊，裊向八仙彩神案上端坐著的天上聖母。聖母眉眼低垂，平和的見不出一點人間煙塵。

鄰室裡，白頭阿爸和村裡的幾個老人正在下棋，象棋棋子起起落落的嗒嗒嗒，聲聲應和著阿媽的心緒。也叩響了二十多年前，阿爸騎摩托車載我去彰化南瑤宮，祈求大學聯考順利的那個春季。

那個春季，是村野茁壯的少女的萬象昇平。

01

有感於需要個體己人商議，商議獨守了這麼多年的秘密，阿媽終於吐露了她在衣櫃裡暗藏了六萬塊錢的私己。

有點像是在說明，又有點像是在追溯給自己聽，回家後，阿媽開始述說她是如何從阿爸給的買菜錢裡，五塊十塊的慢慢湊起，湊成百元再換成紙幣；述說那一年在南勢仔的店仔口，偶然聽到鄰村歐巴桑提及中央銀行正在舊鈔換新鈔，趕緊中午騎摩托車到霧峰街仔的台灣銀行；述說她是如何一塊一塊的攢，攢了這麼多年都沒有給任何人知道；述說藏在衣櫃怕賊仔來，想存農會卻不會拿筆。末了，還問：錢若存進銀行，銀行會不會寄稅單來家裡？

阿媽的話，一嗒一嗒，敲落在家門前長長的田埂。她以自己和四個孩子爲音符，歪歪斜斜，徒手，土法，冶鍊舊時代不識字農村婦女的節奏和旋律。

而我，陷落在就讀光復國中時，站在泥水橋上，向溪仔底洗衣服的阿媽索討我的黑色百褶裙的圖景，然後再被彈回此時此刻的客廳裡。

當肉身隨著日月老去，從來沒有張開過心眼的阿媽，仍然赤子一樣天眞，從來不知道這個世界已經變成了什麼樣子。她的生命地圖，南勢仔北勢仔霧峰街仔就是全部，視域則是農田裡的野草和收成。傳統，閉鎖，又不識字，不知如何汲取典籍裡的前人智慧來豐厚自己。只知道如何安守本分，如何在老天爺的腳底下，卑微，固執，單純。

四十年前，狹長三合院屋最末端的低矮門戶裡，高懸的大紅喜幛還很豔新，這一對來不及積澱生活智慧的年輕夫妻就已足陷在粗礪，以困窘的經濟、稀薄的耐性，對本應最親密的彼此，粗聲暴氣。結果常常是被打的阿媽，背著阿宏、牽著阿雄回去東勢厝，然後在貧寒的暮色，由不留出嫁女兒過夜的外公送回家裡。

及笄有四的澀青年紀，不知計量的阿媽是如何說服自己，吞下所有汗水和怨言，隨著阿爸彎腰耕田，日出日落，養育一個又一個的孩子？

又是肇始於何時，以夫以子爲天爲地的阿媽，捉住了閃過心頭的無法言明的一念，啓蒙了要在夫綱倫常的縫隙，爲自己掙得小小的經濟自主，於是開始五塊十塊的慢慢存起？

02

處理完花蓮台北兩地的日常事務，順阿媽的意，兩週後，我們相約在霧峰街仔的銀行，以避開阿爸的視線。

下了100號公車，心想離約定的時間還有半個鐘頭，就先到四德路中正路口買了杯咖啡再往回走。走回時，阿媽已鵠立在銀行門口。

農作用的黑色袖套裡，包裹了三卷仟元的紙鈔。綑綁的光陰太沉重，沉重得數鈔機上的小螢幕，每次都跳出不同的數字，只好勞煩櫃台小姐用手點數了一遍又一遍。一聽數目是七十九，阿媽趕緊再掏出一仟元，補足八萬塊錢。

我告訴她，定存的年息太微薄，要不要交給鴻銘投資，年年拿回的配息可以高出許多（其實錢仍存放活期以備她臨時提取，每年再以利息的名由，匯款到戶頭）。阿媽一聽，連說這樣會不會太麻煩女婿，說利息多少不是重點，只因藏在家裡不放心；還說存放銀行，以後如果遭遇了變故，還有這點錢可以過日子……

阿媽圈養的天地，永遠滲著天眞的心酸。

新開帳戶要先到服務台塡寫一堆表單。表單裡的大部分文字，他人可以代勞，但名字得本人簽名才算。阿媽面有難色地向櫃台小姐表明她不會寫字，櫃台小姐也爲難地回答這是銀行規章。

躲不了，阿媽只好怯懦懦的抓起原子筆，用自己的思維和想像，臨摹我寫給她的範本。

像是在塗鴉，又像是在畫字，慢慢組構一小段一小段的線條。

抓筆的手老了，布滿長年日炙風篩的黑斑。但每一小截線頭裡，都有保羅・克利，童心依然那麼生鮮，那麼蹦跳。

就如同有一年，我們陪她和阿爸到台中科博館參觀不同族群的風俗。她邊看邊點評非洲原民婦女裸著上身哺育幼兒的圖片，發表她小時候從阿嬤那裡聽來的布袋奶的故事。說到忘形處，還神來一個虛提一只布袋往肩後甩去的姿勢。

又如同此時，一邊畫自己的名字，一邊喃喃小時候如何上了三天學，就藏身甘蔗園躲避追到家裡來的老師的舊事。後來，上光正國小開設的婆婆媽媽識字班，讀了一個多月，總共只認得「刀」、「你」、「我」三個字；又不去了，小學校長親自來家裡三請，她連連搖頭說：拿那枝筆，比扛鋤頭還沉重；讀那本書，比到烏溪撿石頭更艱苦。

再魯鈍的耳朵，聽見了舊時光裡的生活的聲音，也會神馳。

她停下筆來，出了一會兒神，歎口氣，擦擦淚，說一切都是命。繼續埋首，畫那幾條躥東跳南的線頭。

03

適逢午飯時間，又只有一部可運作的電腦，排在我們之前之後等候辦事的歐巴桑歐吉桑，隨口應和她叨咕和阿爸自少年時就在農田裡奮鬥，叨咕她把工作賺得的、兒女年節時給的錢，全都交給阿爸管制，管制每一分錢的去處。

叨叨咕咕，怨尤之思，孳衍成四十多年的重量，壓皺了阿媽俯首畫自己姓名時裸現的後頸紋路。這頸背，曾經也是纖纖，也是白皙。

當柔情還未被現實磨走，一雙善眄宜睞的眼，必也曾在新婚的紅燭下旋搖過阿爸年輕的心。不然，阿媽怎麼可能在阿爸加入村長號召的插秧團，插過一村又一村的秧田離家遠去後的整個春季，毅然擔起兩分餘地的四季豆園苦瓜園高麗菜園的培土施肥除草採收等農事，然後趕在日頭落山前，用腳踏車載著滿籮筐的豆仔苦瓜高麗菜到草屯果菜批發市場去販售，留下初識注音符號的我獨守三個弟妹。等到春盡了，阿爸回來了，才在粉白色蚊帳覆罩的大眠床，哭訴農事的艱難，換得阿爸幾句笨拙的軟語。

那是不識字農婦的閨怨。沒有可打的黃鶯，也沒有簾捲時，閨中女子妝容精美的富麗。

那些年，阿媽離花信年華猶未遠。

如此青春，她只知道和阿爸翻動泥土，遵循一本農民曆，灑籽，育苗。勤奮踏實，守人之爲人的本分；不偷不搶，謹守老天爺賞的幾口飯吃。菜金時，肥沃不到農民。菜土時，一卡車的高麗菜芥菜等值不了五百元，甚至等值不了半毛錢。

當各房兄弟都變賣了田產，蓋農舍、種鐵皮屋，她和阿爸仍然勤勤懇懇得不知變通，固守三分地，憑一雙手足在土地裡書寫，寫出一籮筐一籮筐的稻米，養活家人和自己。在卑微裡，莊嚴生命的容光。

微光裡，也時聞阿媽和一牆緊鄰的大伯母，爭執雞毛豆眼大的瑣事。

就像現在，也會張揚一些虛榮，說她雖然人矮又不識字，可是生了一個女兒長這麼高又讀到博士，還在大學當老師，每年都包那麼大的紅包。而且是每換一個櫃台就再複述一次。

就算是想像也好。因爲再卑微的陋室，也要懷有一線天光。起碼她覺得自己辛苦了一輩子，還有個可以在親舊面前顯榮的倚靠。

04

逗留兩個多小時後，我們終於完結了所有手續。在提款機前，我示範操作如何提款。阿媽一看機台介面有這麼多的按鍵和數字，立即要我把印鑑、存摺、提款卡及日後稅單的郵寄地址，一起帶回台北。

錢存入銀行，完成了一個慎重的儀式，阿媽心安許多。

腳踩實地，一輩子農田裡彎腰，未曾在錯綜的人際關係中摩拳角力，阿媽的心，單純樸直的接近天，不知道這個時代早已飛越了農業工業，直抵3D虛擬。跟著阿爸守著阿公傳下來的田產，守著每個人吃多少都有定數，不屬於自己的就不可以貪求的信念。我明白，別人眼中微之又微的八萬塊錢，意符之所指，重量遠遠超過數字本身。

我們起身準備回家。人都已經離開了櫃台，阿媽又轉身走回去告訴最後一個來辦事兼聊天的歐巴桑：「有閑來厝裡坐，我住在北勢仔，我叫阿雪。」

一百五十公分高，跨上可以換檔的摩托車，阿媽載我猛奔向前，一邊解釋新路正在修補，所以改走四德轉丁台這條路。這條路，曾是南北勢兩村村民聯繫霧峰的唯一，複印著小學、中學、大學、戀愛、結婚後的所有回家記憶。

記憶裡，有小學六年級時，跟阿媽挑尿桶到馬路邊的菜園，遇上女同學的羞愧；以及餵完水溝仔邊的鴨子，從阿媽手中領取十塊錢跟陳老師買下二十四色蠟筆的歡喜。也有國中畢業時，沒有順著阿媽的思路，成爲萬豐加工區的女工，升學台中女中的叛逆……。它們，全都站在四德路左轉丁台路就可以看見的那一排檳榔樹的後面，亭亭對我注目。

然後，一聲聲，劃過耳際，成爲畫外音，成爲生命的底圖。

一〇二年十月廿七日

21

種菜阿爸走在台北街頭

天光悠悠，

悠長得足以讓我在圳溝水泥斜坡

左右左右跳躍，

怎麼也跳不到盡頭⋯⋯

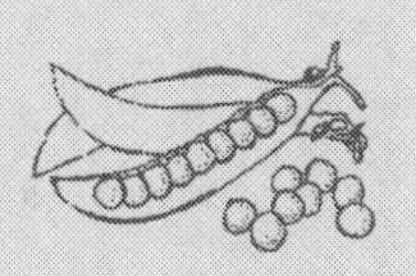

阿爸決定上台北去除障蔽視線的眼翳，並小住幾日，就住正彰師大讀書的暄的房間。怕沙塵感染，枕頭被套全換了新，也徵得暄的同意，把書桌上的小玩物全收入紙箱裡，等她回家時再原樣回復。

二月十三日術後，回士林休息。在午睡的阿公趕緊起來進行老一輩的招呼，討論茶葉種類，什麼是普洱，什麼是烏龍，什麼是一心三葉。

醫生建議，眼翳面積不小，年歲也大了，多觀察幾天，如果復原狀況良好，就可以回霧峰。第二天我們搭捷運回診。出了閘口，阿爸說他要學認路，自個兒走到了前頭。中山捷運地下街，商家燈火白日也通明，挑過千籮萬籮菜擔子，面對向前向右岔開而去的歧路，阿爸消瘦下來的背膀，在這個迥異於稻田田埂的人爲地下空間，也微聳著戰戰兢兢的怯意。

一世人，長年在泥土裡彎腰討生活，除了種稻，阿爸還種苦瓜、高麗菜、芥藍仔、應菜、小白菜、敏豆、花豆、菜豆、黃豆、青椒……，哪個價錢好，就種哪個菜。收成時，苦瓜要依大中小等級裝箱；只有一兩個豆仁的敏豆要挑起來，再挑嫩長的鋪在最上層，因爲賣相好價格就好。小白菜、應菜、芥藍仔，一欉一欉疊放整齊，漂亮包覆外面，瘦小藏裡頭，再用紅塑膠繩綁好，切齊根莖。剉好的高麗菜，一顆一顆放入竹籮再挑回家裝籃。身高不足一百五十公分的阿媽，就是長年挑高麗菜這等重物，導致骨盆歪斜膝蓋磨損，而今走起路來一拐一拐。

這些，也是我和妹妹的日常。土埆厝門口埕，黃昏的風和天光，後壁溝的雞啼鴨鳴，聲聲描繪詩經「雞棲於塒，日之夕矣，牛羊下來」的場景。

那是一個只要肯打拚，就可以靠農田裡翻土拉拔孩子長大的年代。

那時，霧峰農會會定期派人到帝爺公廟埕收購松茸。松茸種植，得先回收稻草堆肥發酵，然後菇寮上床、下種、走菌、覆土。阿公勇健時，就蓋了一間松茸寮，我會幫忙上床覆土，或抓發酵稻草裡的雞母蟲。小學班長陳同學家則搭建連棟的菇寮，請一批工人專門種植。寒暑假，我也到她們家幫忙爲太空包裝土，論件計取酬勞。

松茸收益好，沒財力搭建傳統菇寮的阿爸，利用田埂有高度，在田埂下方開闢一條狹長形孵育區，再厚厚覆蓋自家稻草編的草薦，這樣一段時日後，就可以每天摘滿一小籃送廟埕交貨。菇傘外翻的，過熟開花的，或蕈摺變黑的，才是我們的下飯菜。

直到現在，我都還清楚記得松茸盛產時節，阿爸在田埂邊採收，而我一旁提籃子的那些冬日清晨。

不知爲何，童年記憶裡的冬天，總是特別寒冷。敏豆新冒的細藤，不耐霜凍，爲了預防寒害，豆仔園會架起稻草編成的圍籬。四面圍合，天地好安靜，只有我遞竹竿給阿爸插豆仔籬的落土聲。中午有暖陽時，我也會躺在新收的稻草堆上看小說，想像天人菊海風和咕咾石。

種過幾季豆類瓜類的土地，需要休耕。農村勞動人口外移，九股路仔、溪仔底許多缺人力耕種的稻田，都曾被阿爸租來種。

小學三年級肄業，靠原始本能粗礪過日子，阿爸也有自己創意研發的天賦。農用鐵牛仔的鐵柵太低，裝不了這麼多要載到草屯果菜批發市場的高麗菜，他會用木條絞鐵絲四面加高加固。用鐵牛仔載菜到草屯，已是我讀高中大學時候的事。在此之前，腳踏車後座綁緊竹篾編成的大方籃，籃裡裝滿苦瓜或敏豆，兩腳就從霧峰踩到草屯。日落前出發，暗夜裡回來。菜豆盛產時，一日得來回兩次。

當阿爸隨村長的插秧團一個村子一個村子插秧而去的季節，載菜到草屯的工作就落在阿媽短短的兩條腿。我仍然記得那樣的夜，希微的月光從灶腳門檻縫隙鑽進來，很暗很黑，一隻耳朵哄妹妹和兩個弟弟上床睡覺，一隻則驚恐專注等待屋簷下的腳踏車停靠聲。

光正國小前的豐正路、光明路，就是阿爸每日載菜去草屯的線路。小學第一天報到，他指著岔路口告訴坐在腳踏車橫桿上的我說：「以後自己回家，記得不要走錯。」岔路口有一棵鳳凰樹，樹下有圳溝，有村裡老人話家常。天光悠悠，悠長得足以讓我在圳溝水泥斜坡左右左右跳躍，怎麼也跳不到盡頭……

那時，南勢仔北勢仔兩個村子還沒有這麼多鐵皮屋，老福新宮也還沒有遭遇回祿。上學時，我常繞過去祈求帝爺公，段考要和班上那四個女生並列第一名。中午跑回家吃豬油豆油攪白飯，再回學校聽下午的課。

小學放學早，寫完作業，我會到大路邊苦瓜園，牽藤、拔草、包苦瓜紙。假日就到阿桂姆仔家剜香瓜籽、拔芋頭，裝滿一籃可以賺1到5塊錢。五年級陳瑞松導師鼓勵學生儲蓄，我把賺來的銅板交給老師幫忙存起來，一直到畢業，總共存了七百元。也因此，每次放完暑假回到學校，同學就會說班上來了個小黑人。

徒手治煉鐵牛；抽皮帶打孩子；參加親友婚宴，會把腳踏車停在很遠；為我穿上橘色外套，雨天撐傘帶我上霧峰街仔，買豬油給阿媽炸豬肉粕；阿媽炒魚脯，是雨天最幸福的空氣。阿爸隨插秧團插回隔壁村，奉阿媽之命提午餐盒，一排檳榔樹下坐下來的阿爸問我吃飽了沒有？然後用盒蓋盛一些給我。回家後阿媽問起，說阿爸這樣吃不飽，很快就會餓。

國中畢業後，阿爸聽從店仔頭村民的意見，同意我繼續升學台中女中。大學聯考前，騎摩托車載我到彰化南瑤宮祈求順利考上台灣師大國文系。考上了，又特意花五百元租村裡唯一一部計程車，回南瑤宮還願。

大學新生要報到了，阿爸幫我打了二十斤的棉被，和女中同學曾慶玲及她姐姐一起包計程車上台北。當我和她們姐妹在草屯黃昏市場買新衣，想像大學生活，妹妹說她看見阿爸坐在床頭掉眼淚。

大學新生健康檢查，我的GOT、GTP指數偏高，打電話告訴阿爸。第二天上午，正在新紅樓二樓教室聽史記，一抬頭竟看見他就站在窗外花台邊。下了課，阿爸從袋子裡拿出一罐補品，我搖頭說不用。那時我們都還沒有學會如何靠近彼此，還沒有學會開口表達關心，在天橋上的中華商場逛一圈，就送阿爸搭國光號回台中。一如多年後，我提了一大旅行箱的物品到台南左鎮法寂禪林，探望自緬甸回來的大晶法師，不敢直說自己的關心，也不敢直問她還缺些什麼，當下只託言是姐夫的意思。大晶法師聽了，沒有說話，只是靜靜的笑。

從蘇州回台灣後，帶著兩個孩子到慈濟大學任教，阿爸也兩次搭高鐵抵台北再轉乘太魯閣號到花蓮。我們在王記茶鋪吃素麵，拜訪南浦十三街、新城上人精舍和太魯閣，再去同心圓用餐。我爲他介紹環境，這是靜思堂、醫院，那是大愛樓、教學樓。他問我一週幾堂課，說7-11前的中央路莊敬路算熱鬧。回到宿舍，阿爸在沙發坐下來，我拿起相機拍他脫下鞋襪的影像，第一次眞正感覺阿爸和阿公很像，而自己也來到了阿爸壯年的時節。

阿公留下來的幾甲土地，陸續被其他三兄弟變賣了，阿爸依然謹守三分薄田，敬天愛地，不貪不求，翻土種菜。直到阿媽的腰和膝蓋承受不了挑菜施肥的重量才稍歇。

那個從溪仔底添福仔他們家挑菜挑瓜，隨扁擔一上一下一上一下韻律在田埂的背影，終究也老了。

二月十六日，再到診所「巡一下」，復原狀況良好。醫生交待，回霧峰後，附近眼科定期複檢就可以。走出診所，阿爸走前面認路，一下子就看到了捷運站。他很高興，覺得認台北的路也沒有那麼難。行天宮謝禮後，桓順在劍潭站下車，鴻銘開車護送阿爸回霧峰，圓滿這一趟行程。

鴻銘說：「很高興阿爸有你這個女兒。下次阿媽若來台北，一定比劉姥姥還神奇。」

一〇三年二月廿二日

22

聽見存在的聲音

聽見了聲音在空間中的位置，

就等同聽見了

自己在此時此境中的，

存在。

德簡書院「德與道的天人宣言」生命講座，最後一堂課教授中國內地各民族的歌謠。負責帶引的學梅，分享了自己初遇時，生命直接契入的幾點心情。其中，有幾段特別撥動感思，引我和它對話，周旋。

例如，聲音在空間中是有位置的，它們來了，帶領我們認識自己。又如會唱歌的人說話時，每一個字的空間都是這麼大，句和句之間的力度變化每次都不相同，而且都那麼美。一首民間歌謠的情感變化之所以豐富，因爲它不單是一個人傳唱，而是在我這兒是這個樣貌，到了你那兒你增添了一點新樣，到了他那兒他又賦予了一種不同的風貌，終而匯合成群體的創造。又如「氣」把聲音帶出來，用力最自然也最少，然後把自己「交出去」，讓自己有「在裡面」的感覺……

如此，短短長長，弦撥軸轉，一撥一轉，撩弄著我的思，我的感。

聽見了聲音在空間中的位置，就等同看到一首民歌從天地裡直接「長」出來的樣貌。質樸，野性，自在。聽見了聲音在空間中的位置，就等同回到了它本屬的那塊土地，那個時代。無關商周，漢唐，或現代。

聽見了聲音在空間中的位置，就等同聽見了自己在此時此境中的，存在。

孔子曾苦心勸諭「小子何莫學夫《詩》」，他的理由是《詩》可以興，可以觀，可以群，可以怨。興，觀，群，怨，皆和情感有關。以其匯通了「自己」與「群體」亙古以來共通的眞誠的樸直的情感。所以，觀他人的心志與怨悱，正足以興發一己的情思。所以，詩是幾千年來傳唱民間的生命之歌，匯流爲文化聲音的祖靈，有你，有我，也有他，在裡頭流漾。

然而，我爲何一直不敢把自己眞正的「交出去」？爲何未曾眞正感受自己也流漾在其中？

我想，是因爲不夠自在。

爲何不夠自在？因爲不夠放心。

爲何不夠放心？因爲，自己遺失了自己。

本是鄉野土裡生土裡長的孩子，爲何長著長著，自己就遺失了自己？

聽了王鎮華老師的結語，才豁然醒悟，原來，在此之前的行旅裡，無法適情適性，不知轉不知化的自己，堆積了太多人爲的執著和壓抑。疲於向外馳求，又不知停下腳步「傾聽」自己內在的聲音，終而是不自覺地質疑、否定起自己的生命歷程。於是慢慢的，慢慢的，就不見了自己。

原來，這麼久遠以來，我迷失了自己卻渾然無所知。原來，這五年，困困鬱鬱，自我放逐在台島的東緣，竟是爲了逼迫自己，再次「聽見」自己的聲音。

二〇〇八那一年暑假的末端，陪伴我一起搭乘復興航空班機遷徙（或許「遷謫」會更貼近我的心情）到花蓮的兩個孩子，二年、四年後，一個又一個回到了台北，回到了屬於他們自己生之活之的常軌。留我一人，獨守，在這裡。

在建國路和中山路，我騎著單車，獨自地往來。因爲沒有人並騎的達固湖灣大路，太孤單；穿越太倉公墓的那一條秘徑，又太陰寒。一人默默，推開同心圓一八〇號14樓之5厚重的大門，桓順迎戰高中基測自策自勉的拙稚彩繪及台北帶來的3M枱燈，依舊停格在大書桌的桌面；桓順慈小六年級到奇萊亞文化館採桑葚的圓潤的臉蛋，和仰笑建中紅樓的合成照片，也都還凝佇在桌椅背後的牆面……

我好想順，想順居留在此空間。但蜷伏的沙發裡，始終是清清冷冷的一個人。

一個人，被包覆在寂寂的一牆之圍。一牆之圍，被包覆在太倉公墓累累的土墳之間。太倉公墓累累的土墳，則被包覆在吉安鄉外重重疊疊山的臂彎之前。而包覆著重重疊疊山的，會不會就是老天爺？中國文化所說的「天包人」，指的是不是這一個？

天地泱泱，寥廓而寂寒。我，竟聽不見自己的聲音。

又要怎麼回到自己？

課堂終了，王老師引毓老之言期勉，期勉人要成才，一是要「無常師」，二是要「自師其性」。「無常師」的道理，我明白。對「自師其性」這句話，也頗有感覺，但隱隱然又覺得自己對每一個方塊字背後的本質意涵的領悟和拿捏，還有不少一時未能明晰的混淆。只好暫時存放，讓它醞釀在心裡面。

一日，砉然有所悟，心會我應該傾注在「自師其性」的「自」這個焦點。天之「德」之所以「自明」，地之「道」之所以「自然」，實是端賴有「人」作主在中間。所以「自師其性」的「自」，對我而言，才是最重要的關鍵點，因爲它有「中孚」（眞誠）一脈挺住的「覺」，充實飽滿的貫通在脊梁之間。

「覺」的覺醒、挺立，是人之爲人的最可貴。有了「覺」的覺醒和挺立，位列三才中的「人」，才能鼎足「天」和「地」，大氣謙卑，向上連結天心（本靈），老老實實本本分分的下學。

而「覺」，是「人」的自主發動，連佛菩薩也不能不尊重。孟子說，學問之道在「求其放心」，作主的滋味，就是找回「自主心」。這種「復自道」的工夫，它是此岸的回頭，回到自己的生命歷程裡，學習如何直接閱讀生命，如何直接對話天心。

如何閱讀？如何對話？王老師說，停下腳步就是。然後聽，聽生命，聽天地。因爲，它是如此的稍縱即逝，又稍滑則失。

這些年，顚躓的腳步總是汲汲營營，一路走來又心盲得難以自我肯定，因而隔絕了我和天地之間的聯繫。師心自用的結果，就是不見了自己的聲音。

或許，透過自我的覺醒挺立，眞誠的做「自師其性」的工夫，就可以把自己再推回天地自然的懷抱裡。或許，自放在島嶼之東，然後走進德簡書院的大門，這一切，都是爲了遇見。遇見生活，遇見生命。最終，重新遇見自己。

發現了自己，就發現了腳底所踩的這塊土地，發現了自己這首歌在空間中的位置。然後，再放心的，把自己交出去……

一○二年三月廿三日

23

日常縫隙裡的心光

或見美崙溪慵懶的流入花蓮的港灣，

或見苦楝放漾騷心的紫色蠱惑暮春的棧道，

讓心和陽光

一樣溫細一樣澄亮。

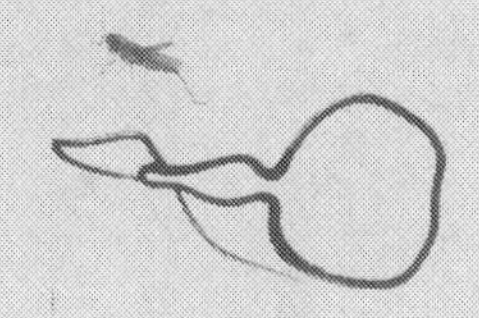

雖說日常生活的敘事元素，無論主意象、副意象或裝飾性意象，都同樣滲透著每個獨立個體的情感與哲思；但最具溫度，而且和「游於藝」的「游」，起著相同養潤之功的，終究還是晃蕩在日常縫隙裡的裝飾性意象群。它們微小，卻有光澤，豐富細膩了我們對生活的感思。

在盆栽裡

總覺得家門口一定要植栽一盆綠，就只是綠，再懸掛一張孩子彩繪的童筆童心，才像個文人雅居。所以搬入同心圓宿舍後的第一件事，並不是急著到家樂福或新時尚添購大型家電用品，而是直驅建國路的富里花園搬回一盆觀音棕竹。

陌生的環境，陌生的人事，陌生的課程。從來沒有如此獨自面對生活全部的瑣事，花蓮的日子一開始就過得很緊張，很快就忘了要定時澆水的關注。第一個暑假過去後，熬不住長期乾旱的折磨，觀音棕竹以絕決的姿態，遺下白色瓷盆而去。

不久，順的腳踏車，在十月秋雨潮濕了地面的地下室剎車不及，跌傷了右膝，阿公跟著移居到花蓮來照顧。宿舍裡的娛樂不多，稍後雖蒙14樓之3的鄰居蔡醫師夫婦相贈一部電視機，依然無法塡滿孤單單的空盆子。阿公開始騎腳踏車到和平路的遠東愛買，載回來一株開滿小花的桂樹植入，並且搬到光度充足的前陽台。

挖出來的木瓜籽丟棄太可惜，阿公把它們埋在桂花旁空間有限的泥土裡。掩覆一段時日後，竟亭亭了幾株鵝綠。到了芒果量產季，繼踵一對嫩芽比鄰而居。

直徑尺餘的一盆小小，消息著阿公豢養的所有的綠。

順上學去了，我在客廳兼作書房的大書桌修訂文稿，常常看見阿公進進出出。分株，覆土，施肥，澆淋。生態最暢旺時，小小的一盆，同時哺育了桂花、木瓜、芒果和萬年青，以及不知名的野草花從腐植土裡冒出。阿公又陸陸續續回收了別人棄養的龍舌蘭、黃金葛、馬拉巴栗和掌狀植物，加上賣場載回來的狀元紅、仙人掌，還有順從靜思花道課捧回來的棕櫚小樹，陽台很快進入了綠的戰國時期。

這也是同心圓宿舍最有家的溫度的時期。

阿公跟隨暄、順升學的腳步移回台北後，陽台漸漸又回復到最初始的蕭瑟。剩下堅毅的萬年青和野草花，高高浮凸幾點綠，陪伴我獨對一天的藍。

粉紅色鐘和白牆

大學時期雖曾有過八德路賃居的短暫經驗，但由於承接的是學長們經營有年的銘德伙食團，直接就跳過了最原始的虛白。因此，莽撞地帶著兩個孩子離開蘇州離開台北，獨自面對除了兩張床，再無餘物的三十餘坪宿舍，頗懊悔沒有事先好好計量，追求獨立自主需要付出的代價是什麼。

風一吹，緊靠太倉第一公墓的尼龍窗簾輕飄飄，撩擾得好心慌。滿眼壁白，直接等於恐懼。但又不能告訴只有小學六年級的順，所以當我們站在199掛滿各式時鐘的那面牆底下挑挑揀揀時，爲了鼓動陽氣的兒子買下那個粉紅色時鐘，頗費脣舌。終於買好了，兩部自行車穿過中山路穿過涵洞穿過暗長的一段3巷，一回到宿舍就趕緊掛上，好讓牆壁恢復一點點的血色。

此後，這朵粉紅，自然而然就指向了順陪我度過的不安。

洗臉台上的置物籃

組構好199買來的三層海藍色置物籃，一放上洗臉台，立馬就有效填補了原有的空虛。一如阿公來住同心圓以後的廚房流理台（廚房一向是阿公的領域），第一次感悟這麼深，原來有物可亂，也可視爲紅塵裡的小確幸。

B1腳踏車停放區

同暄、順在新城家樂福選購的三部腳踏車，是我們花蓮移動的腳。

入住同心圓一週以後，各系新生跟著來報到。放下了被褥行囊，騰騰嚷嚷，一小夥，一小夥，從學生宿舍結伴徒步走過同心圓，走過校園餐廳，走過施工中的大愛樓，出外覓食兼購物。黃昏時，我們騎著自行車經過他們，順興奮分享他聽到的話語：「媽媽，他們和我們剛來的時候一樣，說也要買輛腳踏車來騎！」

就像我們騎著它出入晨夕。

中山路199前的周氏肉圓，過去一點的王記茶鋪，中正路的光南書局，大禹街慈小制服店，中華路麻糬一條街，和平路的苗圃……，每個轉身，都可以看見我們並騎而來的笑語。有一次，邀請漢章到課堂分享創意思維及職場經驗，結束後陪他從王記茶鋪走到前站搭太魯閣號回新竹。途中，他在一塊觀光地圖告示板前停下腳步，想像花蓮臨山濱海的風景。我驕傲的告訴他：「這張地圖上所標示的每個景點，我們都騎過。」

七星潭是最日常的野放。可以中央路四段右彎嘉新路再左彎花師街，可以中山路一段3巷巷口左拐國福大橋再右拐新城都會鐵馬道，也可以中山路直驅濱海路曙光橋自行車道。上坡下坡，下坡上坡。或見美崙溪慵懶的流入花蓮的港灣，或見苦楝放漾騷心的紫色蠱惑暮春的棧道，讓心和陽光一樣溫細一樣澄亮。有時，也會停下車來，走上花蓮港口前的紅色鐵橋，讓記憶去撞擊南去北來的火車，再順路柴魚博物館，到四八高地撿一枚月彎形的海浪。

兩潭自行車道的胎痕，最多汗水。鯉魚潭服務中心的長椅上，至今還徹響我們四人（阿公、爸爸、順和我）從中山路、濱海路、南濱公園、化仁海堤、光華舊鐵道、木瓜溪橋，一路捲起來的城鎮田野海岸山脈和太平洋。

順慈小畢業時，我們隨同學老師到台東參加布農族射耳祭，停放在人社院的單車，因爲忘了上鎖而遺失。善與人攀談的阿公獲正要搬家的鄰居相贈一部，才又補齊原來的車數，伴著我們風裡出雨裡入。阿公爲每一部腳踏車裝上小鈴鐺、前探燈和後照燈，噴漆，去鏽，除蝕，輪替著補了前輪換後輪。在和益自行車車行修修補補的費用，早就可以再新買一部。但我們沒有。因爲情感和記憶。

等阿公和暄順陸續搬回台北，現在常騎的，就只剩我這一部了。其他的，長泊B1腳踏車停放區，灰滿了把手和座椅，一度還被社區管理員誤認無主，下放到B2資源回收區。我費了好大力氣，才把它們再牽回原地。

3巷巷口的7-11櫥窗

人社院教書的第一年，常常晚上八九點以後才從介仁街騎車回同心圓。錯過了森林飯館的營業時間，我們多會在中山路一段3巷巷口的7-11小憩。

順會先蹲在靠牆的置物架底層，翻看有沒有新到的楓之谷遊戲卡和漫畫，再同我坐到臨馬路的玻璃櫥窗前，共享杯麵和零食。此時，窗外燈火尚明，時常可以看見成群的日本歐吉桑歐巴桑，從蓮花豆漿主題館走出來，經過紅色遊覽車，再逛進旁邊的農特產品專賣店。不遠處，加油站旁的蜂之鄉廣告看板，一顆故障的燈泡會間歇性閃亮。有一次，一個貌似印地安原民的外國人，和我們共享這個櫥窗，熱情的對順比手畫腳說他是half-blood。

就這樣，我們彼此貼心彼此陪伴，然後再騎回萬墳叢中的一點燈紅。

後來，豆花主題館不堪房租高漲搬去了新城（好幾年後，原址開了星巴克），7-11也因拓展店面，和隔壁擁有較大坪數的麥味登早餐店（同時也是房東）互換位子。就像在這兒被摸走的紅色新手機，7-11的櫥窗就此不見。

2C二樓長長的走廊

寫完功課的順，喜歡推著帶輪子的電腦椅在2C二樓長長的走廊玩起推椅子的遊戲，或對著研究室牆壁拍乒乓球。累了，就自個兒躺在木地板上休息，等我一同回宿舍。

研究室對門的上田老師，老覺得他吵，常來敲門投訴。

貼著照片的白牆

自從阿公和順不住花蓮，信箱寂寞地綁架了所有帳單。自來水公司，正義以史家的筆法：「請十月十七日前繳納。逾期拆表。」無奈，驅車登水源路。

松濤，海韻，隔著松園別館的籬笆，眉批一段鬱鬱綠綠，索隱王鎮華老師寫在黑板上的話：「問題最貼近日常，而日常最貼近存在本身。」其正詁，原來是復水費四百三十八。

當**7-11**的服務人員說：「這些已過期，無法繳納。」心底湧現孤寂，好想有暄和順陪在這裡。有阿公幫著處理日常，實也省下不少心。

二〇〇八那一年暑假的尾端，匆匆拉著一只皮箱就登上飛往花蓮的復興班機。一白的宿舍，驚緊的備課，眼底再也難以見到其他。還好，暄和順獨立面對了自己的課業和生活。待能稍稍緩過氣，很快就越過了第二年，暄已經考上中正高中，暫居姑姑三重的家。很快，一年半又過去，阿公也漸漸移回士林的家。此時，只剩我和順了。二〇一二年的六月二十日，坐上275次返回台北的自強號，順也走入了師大附中的校門，竟是我獨留在這裡。

往昔和順一起停留過的餐館，現在，只能和孤單共進晚餐。一人默默，打開同心圓的大門，順拙稚筆繪的便利貼，從士林帶來的枱燈，還留在那張大大的電腦桌面。小六時採桑葚的圓圓臉，還有那張仰笑建中紅樓的合成照片，也都還貼在牆面。我很想念我們出現在同一時空的日子。儘管那時，我們常常因為太親密而時有爭執。

豆花店的《阿貴愛說笑》

京郁的地獄拉麵，喜樂多的泡菜燒肉，金食在的麻婆豆腐、宮保雞丁，還有富祥街小攤的雞捲和臭豆腐，是我們在花蓮的美食地圖。中山路、富強路口的多福豆花店，則有我們最愛的黑糖豆花粉圓。

豆花店靠門這邊有個小書櫃，放了不少書刊雜誌。順最喜歡《阿貴愛說笑》，一翻再翻，一翻再翻，還會呵呵笑。那是一種很有想像力的笑。我記得很清楚。清楚如小六時的一個冬天晚上，他披著大棉被趴在床上看書準備期中考，忽而抬頭，高興的對我說：「媽媽，歷史課本的故事好有趣。」

二〇二一年八月四日

24

有傷口，光才進得來

透過隱喻和轉喻，

完成動與靜、陰與陽生生不已的氣韻生動，

散發一種羅曼・雅各布森詩學

所指的敘事及抒情特質。

至善路三段的楓紅進入了層次變化最豐潤的時節，約在士林捷運站2號出口，鳳珠開小吉普車接我到她位於外雙溪的工作室，聊聊明年一月即將在竹東名冠藝術館、台東娜路彎酒店展覽畫作的心情。

入冬的山林小屋，已生起了爐火。爐炭的暖香，隨我們的腳跟裊裊翳入二樓的畫室。藝術最動人之處，就在「自恣」（禪宗自剖之意）。藝術若不能從面對自己出發，如何可能坦誠暴露自己的種種眞性情（王師鎭華語）？所以，經過幾年收視返聽的沉澱，鳳珠才有餘力諦聽自己內在的聲音，回頭觀看二〇一七巴黎工作室大火後，帶回台灣的受損作品，決定賦予新生命，從而觸發了「心流」、「火的靈動」等系列作品。

*

心流，是心情、意識的流動，也是心性的流露。當時間走過，闖歷歐美亞非所汲取的異質元素，台灣這塊母體文化，乃至東方生命哲思，也慢慢內化爲細膩敏銳的感知，激活了理念、媒材和技法。

刻意不用畫筆，而是把顏料倒在畫布，借由點線色塊的流動、聚散、交融，帶引想像力延伸到不可觸及的邊界。然後，將曾被火烙印的畫布挖開，接續以樹脂和培養皿，試圖呈現大火、灰燼和幽微思緒共振的詩性。

比如，傷口挖開成兩個三角形，予人變動感，又好似能透視洞悉心靈的眼睛。樹脂是水的聯想，培養皿則是縫合傷口、培養新生的隱喻。兩者，皆具透光性。

當光作爲一種主動的力量，穿過傷口，心靈的眼睛自然會被導向光影，而使整個空間生動起來。倒映在白牆上的色、光、影和畫作，存於同一時空，同時兼攝了物性及抽象情思或無形意義的存在，再透過觀者賦予的主觀詮釋，很容易就被轉譯成一種象徵或暗示。

原來，是觀看方式，決定了意義。如果沒有傷口，光怎麼進得來？

*

拿起另一幅畫作，鳳珠輕輕述說她爲何會在過去已完成、簽名落款的畫布上重新創作。那是自二〇一〇年「凝固的竄流」後，對媒材的物理特性的持續探究，也是積累時間、轉折心境的向上躍升。

創作過程中，她會跟著水、顏料、畫布共舞，或翻，或轉，或甩，享受線條與線條乍然交會又迅即離散的微妙氛圍。就像庖丁在踏「螺旋之舞」，注入「以神遇而不以目視」的直觀感受，再借由自動性技法，讓液體表面張力盡現詭奇魔幻的效果。

無法控制流向的線條，乾了以後，彷彿還在流動。就像我們的生活、學習、經驗、或思緒……，是由過去向現在向未來積累和開展。也像是一種沒有開始沒有結束的惚兮恍兮的存有狀態，匍匐在畫布，向八方張開網目，蓄發一種有流動、有頓挫、有緩衝、含一點拙趣的力的作用。供人的神思，在裡頭漫步。

線條邊緣加上灰階，有了陰影，就等於多跳出一個畫面，讓物理性空間忽而有了心理性時間的距離，迸發一種懸想。於是，當光通過透明性的樹脂水意象，形成倒影，形成內與外、虛與實的滲透交流，倒影所具有的不定的特性和流動質，賦作品以動人的美感和靈性。

＊

當我們走下一樓時，炭火裡的地瓜香氣已瀰漫整個起居空間，甚至飄然來到青花盛開的地下室。

一把火，燒毀作品殆盡，卻也激發了不同視域的可能。若說二〇一八「痕・融・異」個展，是巴黎熾熱灼傷的勇敢面對；此後的「火的靈動」系列，則是關於療癒、成長、蛻變的書寫。

「淌・鎏青花瓷」水滴系列，是鳳珠以瓷土爲畫布的創新。她把風的足跡、水的流動和自然紋樣，化爲或飛揚或漩渦或流衍或波浪等點線面元素，優雅對話東方青花美學。細膩精敏的覺知，梳理詮釋的理性，也因而成爲跳脫框架的活水。因此，當瓷器瓷板等複合媒材的嘗試已趨成熟，又再次轉化青花鎏白金3D意象爲平面青花琺瑯質火燒實驗。

鐵框承載的白色琺瑯質坯體，塗上藍色顏料，稍微控制聚散，自然就會產生流動。

水和色彩的流動，偏屬感性；針筆細細點繪的線條，偏屬理性。二者是狂狷剛柔的相濟，一如張弛有度的日常。然後用酒精燃燒。藍色火焰肆意跳動畫面，恍若照見浴火巴黎的鳳凰。當一切如夢幻泡影般寂滅，復歸牧羊人之歌的寧靜，釉彩、琺瑯、白地、青花也一同封存火的烙痕。

水是生命的源泉，也是貫串和發展鳳珠整個創作歷程的核心元素。《釋名》說：「青，生也。」東方爲木，色青，對應春季。所以，青是生命的顏色。凡以青爲偏旁的晴、清、情、菁等字，也多豐盛美好。一如自針筆筆尖一條一條點繪出來，如風如髮絲的線，不但內藏無限的力，還因「力」的作用和「力」所驅馳的質，形成富於時間感、帶有音樂性的韻律。而生命和動感，正是創造出美的最重要因素。

這些，被她稱之爲「生命的線條」的藍色青花，構成了畫面上「形」的重度，賦有看不見的、充滿力場的引力。火元素又把水和青色複疊幻化的靈動，凝固在如風的想像。然後，透過隱喻和轉喻，完成動與靜、陰與陽生生不已的氣韻生動，散發一種羅曼・雅各布森詩學所指的敘事及抒情特質。

＊

懷一縷抒情的興味，我們回到爐火旁，坐下來，喝口後院新採的金桔肉桂葉加桂圓黑棗枸杞所烹煮的香草茶，佐地瓜咖哩烙餅，續談種菜、騎馬、弓道、創境進出的話題。龍眼炭火燒沸了鐵壺，嗤嗤點點紅泥。外雙溪溪水和滿山草木，也送來十二月特有的律動。就這樣，我把它們和鳳珠剛剛剪下來的一籃子紫珠紫薇和金露花，一起帶回人間煙塵。

二一〇年十二月七日

25

廚房窗外杜鵑紅

就這樣，

我偕鴻銘留了下來，

留在這極簡又極靜的民間小書院，

安靜的聽課，安靜的體味，

生命裡流出來的氣息。

三月六日，我們到書院爲師母上香。上完香，和采元、學梅倚靠在老師最常開講的方桌前，談談師母生前及之後的情況。左手邊，就是我最喜歡的書院角落，廚房一隅。

這一隅，是肅穆課堂外一道珍貴的留白。留白生餘韻。平日裡，忙完家事的師母會坐在這裡讀書和寫字。書院有課時，木桌上擺滿細心切洗的蔬果和糕餅。下課了，大家就會往這裡走，聊天，喝茶，嚼食。或者靜靜觀看窗前花木，讓神理流於兩間。一如此刻，我們正談著話的三月天，窗外杜鵑也啼出了紅豔。

01因緣起

一樣的時節，一樣的空間。那時杜鵑還小，還聽得見它依傍珊瑚石而長的顫巍，紅花卻很繁盛。我站在窗前，讚美花怎能開得這樣好。師母告訴我，花是怎麼種上去又是怎麼開的，怕瘦小的枝條承不住，還特意剪下一枝來，瓶插在書院入門的平台。見我眞心喜歡，就讓我再捧一顆石頭回家養。

那是師母送的第二顆石頭，我把河邊散步時採來的風車草的三枝小芽種上去，作爲搬新家的紀念。第一顆，大小如拳，捎帶幾莖鐵線蕨的綠，則把它水養在碗裡，仿《秋庭嬰戲》的構圖，置山石一；再取〈中孚・九二〉「鳴鶴在陰，其子和之」、東坡〈放鶴亭記〉諸意，置亭一鶴二，俯仰朝夕。後來，和老師師母在江浙小館用完晚餐散步回書院，師母要我們再挑一顆。老師說：「要送，當然送最好的。」於是，我們把書院最好的一塊珊瑚石連同鐵盤一起抱回家，練習在方圓裡涵養天機和生氣。

敢直接面對大自然的道，生命就是開放、大氣；而新芽初吐，又是卑微、單純。自然的花木，作爲中國庭園景觀結構的要素，類似《易》之象、《詩》之比興，更有人的歸納、提煉、剪裁、濃縮、重組，再詩化，以詮釋大化流行緩緩移動的生命情調。或許要問現代都市居所哪來的庭園？沒關係，也無妨。濃淡其墨，疏密其筆，一管可擬太虛。毓老晚年不也強調微哲學，強調博大在致密。所以，只要有窗戶有陽台，小小的盆石和草木，足以借得一塊自然貼入胸臆。而人在自然氣息流動的壺中天地，藏修息游，探幽扣寂，即寓有中道今來、敬道尊德的眞意。所以，師母說老師胃病住台大醫院時，花木根部冒出來的小綠芽，日夕膚慰著她的心。

我們和書院，也緣起於老師自述的半生文化半生建築。《中國建築備忘錄》是我進入合院建築領域的啓蒙書，後來因撰寫《建築美學：合院多、二、一（0）結構》，需足跨傳統建築及儒家經典的學者的專業點評，故而憑藉花蓮吉安慶修院的一面之緣，冒昧致電書院。那是一百年十一月十八日，一個有意味的下午。我從花蓮趕回台北再跳上計程車直奔永和秀朗路二段，準時在午後兩點按下門鈴，同時接受何謂「多、二、一（0）」、「大與小」、「內與外」、「正與偏」……長達四個小時的提問，終得老師回頭對爲我們倒茶水的師母說：「這個人，有點意思。」

就這樣，我偕鴻銘留了下來，留在這極簡又極靜的民間小書院，安靜的聽課，安靜的體味，生命裡流出來的氣息。

一〇一至一〇三年，老師師母幾度應余德慧老師和我之邀來花蓮，在慈大人社院談「天賦的主體，明然而存在——以《易經》爲例」及人文諮商療癒等專題。課程後，我們散步了撒固兒步道、楓林步道，向陽茶鋪吃火鍋，建國路吃冬至湯圓，王記茶鋪中山店臨閑情小院用早餐。

小院裡，有晨光，有松影，兩隻烏龜爬上了紅磚道，甕中銅錢草油亮可逼人。老師以人的身體爲喻，說一座會呼吸的建築是一個有機體，如果王記茶鋪這個空間裡的建材，可以減去多餘的元素（比如天花板的鋪設壓低了高度，凸出鐵柱子是冗餘），如果海棠門的直線可以拉開成弧形，氣韻流動就會更活靈。鴻銘請教古蹟修復眞假古董如何區分，老師笑答：「這個問題很核心。想不想知道明心一『點』，讓假古董活起來的秘密？你要辦一桌，好好請客，才要說。」此後，吃過飛月小館、竹子湖玉瀧谷、江浙小館……，討論了生命之學和學術專業的差異，討論了設定判準、澄清概念、建立體系等哲學議題，討論了傳統合院是以論語爲基礎、學庸爲棟樑、老子爲榫接、蓋一座易經的大堂，就是未提及那個秘密，僅博得一句：「許先生是懂得吃的。」

老師過世後，很多師友同門都發了紀念文。我沒有。因爲腦袋裡意念紛飛，但要如何下筆才能接得住精神？後來檢視以前寫的散文，發現多篇早已融入了老師建築文化方面的語彙。於是，我決定不寫。謹從中挑選〈在UBC談合院建築〉這一篇，作爲悼念。我寫非學術性文章，向來留給自己看，所以這也算是首發。（二〇一九年）八月七日第一殯告別式結束，我們護送師母回書院。師母說：「淑貞和王老師一樣，對合院建築的掌握很清楚，只是多了文學性。」我答我是以《中國建築備忘錄》爲旨歸，當然不走神。

02 心光自明

二〇〇五年一月下旬，我們提前到書院拜年，老師贈以《道不遠人，德在人心》這本書。讀了以後，心神大受感動。那是從未有過的，不捨得一下子就把一本書讀完的感覺。許多篇章許多段落，甚至一讀再讀，一讀再讀，不捨得翻過頁。心神共振的狀態，真如老師所說：進去了，忘我，融入。

但若問到底在感動什麼？卻又難以言明。只知恍兮惚兮，內心深處受其中若有精的莫名吸引。直到書裡沁潤久了，那個「明晰之知」才一點一點的浮現。

一是本來有點知道，但層次混淆錯亂，老師一撥，心光書然。二是本來有點肯定不起，發現有人真正這樣子實踐而安心。三是看見自己很多的蒙昧、無知和錯誤。當然，更多時候是再次溫習了天然本有的默會之知。「你的心透過每天日常生活，隨時隨地的用心有了心得。德就是實踐心得，然後靠那個德行的累積，接近那個『覺』」。「心用跟覺的距離，正是一個人的成熟度」。「間接準備的內在成長，才是人生直接之目的。人生倒置在此」。點亮心神的話語，十五年後讀來，靈光依然澄明，依然躍動。透過上課錄音轉化成的文字，我一遍又一遍如實沐浴了九十三年老師紫藤廬講課時，凝然、存在、浩瀚、莊嚴、無疑的氣氛。

讀老師的書，方法很簡單。我多素心而往，直接把心（生命）貼上去。遇到有感覺的句子就停下來，覺知而非認知的細細感覺那個感覺，等意足了再盪開。有點像陶淵明在讀書，「他在感覺生命的氣氛、生命的格調，而不是這個字那個字」。

我告訴自己，我也要這樣子，回到自己生命過程的成長、德行。至誠則恭己。我爲書本包上書套，放在自己最喜歡的書櫃位子。晨起時，晚來時，枯槁時，靈犀時，昏昧時，興會時……，翻一翻，讀一讀，每次有每次的默契領會和體證。

「周易的文化體系」、「明珠在懷」、「人格主體」、「蒙特梭利幼兒教育的精華」這幾講，鉛筆畫了一條又一條的重點，空白處註記了厤厤密密的小字。最近我心性的，當屬如何「由藝入道」這個單元：「藝在練，道在常，中間扣起在一德字。」「孟子所謂的『隨事磨練』就是方法，也就是透過技術的練習，藝術知能的提升，磨練自己內在心行的偏差。」「在哪裡磨練呢？專行，配行，常行。」人的心念一動，認定執著就會隨之沾黏，故而練藝的過程，也要「攝心護口，不讓當下被習氣淹沒」，慢慢修到接近主體的自然與自明。生命之境就是文化，文化就在日常的言行環境。所以，老師說只要有一口飯吃，不論貧富貴賤、學識容貌，我們心中嚮往的孔顏樂處，無需遙想遠求，就是日常生活中的自得受用。

老師讀書，兼懷蘇東坡想當然爾的古風。例如，引「少之則貴，多之則美」，申明少少的一點點，很珍貴；有品質的多，就是豐盛之美。實則《禮記》找不到這句原文。

然，老師的用字、句讀、詮釋，因貼緊生命下篙，常令一些平常的字眼，轉生出許多新意。如《大學》的「言行，君子之所以動天地也。」句讀為「言行君子，之所以動天地也。」把中心語從「言行」過渡到「君子」。如《易經》井卦，爻辭從「井泥不食，舊井无禽」，一口廢棄的老井講起，老師據此而有選址、深掘、通天澈地、取之不竭、遷村不遷井等創發性想像。而想像，是為了深入生命的內涵：「德與道像兩口淤塞的古井，疏通後，德心自明，道法自然。井水接地泉、通天光，水清寒冽，入口心凜。明來有水，而見『往來井井』、『井收勿幕』的好景象」（〈信步回家，主體自在〉）。瞧！用字何其簡單、直接、大氣。

所以，放下（鬆動）舊有習性，進入老師的話語系統，讀《道不遠人，德在人心》這本書才能契機，也才能眞正由品而味而悟其中的珍貴與美好。

或許是頻率近，新家裝潢時，讀老師講義裡的句子，言行空間文化的意念遂分明：「住家像秀場那格局就小了，要看到一種好生活，感受到人與自然的『生之活之』，這才大氣有格。」而《明珠在懷》的句子，讀來又令人神馳：「巍，人的眞姿在心神。興，一種無名的大志。」

不落人為宗派，澄明朗朗中行步法的「天然首學」六句，我私以為實已囊括「心台文主體位六大系統」而言之。其中，尤以「心神總有覺察、覺知、覺悟等自明，那就是佛（覺）親自來教，神啓在扣門。人不懂得接住稍縱即逝的覺知等感動，就沒有興奮、沒有成長，而放棄了至教至學」的提撕，至關緊要，受益也最深。當「有了信念，我們敢去談生命不可企及、內心會觸動的東西」。

「眞正珍貴的東西，我們有權利不開口，反而講出來的常是些糟粕」（〈中國藝術的特質〉）。眞的，要看到老師東西的好，要很有程度。一鄙俗，就易以為沒啥學問。

因爲「人心是有教養或立格的深度問題，無關知識、技術、學位，這是成長、成熟的生命課題」（〈半生建築，半生文化〉）。

曾問：「老師的書，讀的時候很有感覺，可是一離開，常會記不起剛剛讀的確切內容。但很奇怪，一靠近，那種本有的明晰的感覺又會回來。」老師說：「我也一樣。在裡頭，充分體會；一出來，又說不明白什麼。」還說他從勉力中行的「和光同塵」，蛻化爲自然行中的「同塵和光」，這一步，走了很久很久。

或許吧！生命本就在清楚與不清楚之間搖擺、修練。蒙塵了，就撢一撢，鬆動鬆動現實台面主流的價值認定，如實看見自己顛倒迷失了什麼。然後，以覺引心，慢慢醒豁尊卑自牧的主體，讓祂回復本來如是。而這是對生命最大的肯定，沒有將就，沒有委屈。

03天心當然在

闇夜中受人明心一點，當思湧泉。

一〇三至一〇四年，老師在奉元書院講《易經》。為了回饋，一〇四到一〇七年，我把三十五堂上課錄音謄為逾七十萬的文字。一〇九年二月，著手校稿。校稿時，老師常常看得入神，還讚嘆：「我當時怎麼會想到講這些？」又說：「這份文字稿，價值不低。」

深心所繫吧！老師中風後，我到書院陪伴。要回家了，老師坐在餐桌那兒呼喚：「還要再來哦！下次還要再來哦！」送我們到門口的師母，問：「老師為什麼一直叫你要再來？」我答：「老師應是還記得每週三要校訂《易經》文字稿這件事。」

有幸，《易經》成為我跟鴻銘日常對話的主題。我們會討論原名《易經白話詩譯》，一〇五年為何要調整為《易經白話生活譯》？由「詩譯」轉為「生活譯」，應是重中貼緊生命、貼緊日常下篇的脈絡。因為「真正的文化是平凡且深刻無邊的，不易講明，卻能使人終身服膺」，回到生活，回到日常踐履。就像「中國有些藝術品看似俗氣，而它卻是頂尖的，即因其中充滿貴氣」（〈中國藝術的特質〉）。貴氣，是一種自爵，由德行實踐而散發。而肯定得起，敢跨出這一步，要智慧，要勇氣（即自主的膽識）。單憑這一點，老師就值得尊敬。

我們也討論《易經》注疏千百種，譯者爲何挑這個而捨那個，其中關涉的是選判力。法國後結構主義評論家Julia Kristeva所提的互文性理論，雖指每一文本都是對過去文本的吸收、轉化與重新組織，一如杜甫的無一字無來歷。但別忘了，心智建構的六個內涵，在選擇判斷之前，還有觀察、記憶、理解和想像，之後還有認同、信念跟意志力（實踐）。所以，選擇就是一種創造。一個人的才、膽、識、力、胸襟和人品，就體現在自己所做的選擇上。它比尼采所說的「你常常接觸什麼，慢慢就會變成什麼」，還更前面。

鴻銘對於上課內容，常有創意性的聯想和總結。王老師聽了，覺得很生猛，很新鮮。例如，他認爲「履錯然，復自道，唯心亨，行有尚」四句，涵攝心台文主體位，可謂老師一生治易結晶，故而尊請師母題字，裱框掛起來。偶感、有得，也都臉書紀錄：「若把這『當眞、較眞、認眞』，回到『日常、平常、正常』，那《易經》就可以不用看了。」更和老師電話討論。老師說那是「照鏡子」，還提醒不要用「照妖鏡」這個詞。鴻銘歸納爲「處事四步」，老師的回應是「可以」！又如《易經》離卦的「兩個明，就是英雄與英雄崇拜。……因爲他崇拜你，他自己也認爲自己是英雄，也敢發掘內心的靈性，釋放出來」。鴻銘說他聽了很動容。因爲對一個人最大的肯定，就是我想跟你學，想跟你一樣。

一〇九年八月二十三日台北書院追思會後，同門大學長因爲「幾位朋友以爲老師在病中傻了，好像一生的修爲不堪一試，而嘖嘖哀嘆」，而掛意在心。我的看法很簡單，故而回應：老師的主（天心、覺性），當然在。自始至終都在。關鍵是我們自己是否信得起？肯定得起？如果答案是「是」，一心淨信就是，老老實實去做就是。

同時舉了兩個事例。

一是五月十二日，老師翻開《空間母語》這本書，借由神情和手勢，一頁一頁指引我和鴻銘看見陽光如何進入蘇州藝圃的庭院，筱雲山莊的送子觀音是如何美麗，而他自己如何忍住不拍照。左腦語言區受壓迫，原本的批判性不見了，老師的神情反而醇化，澄亮似少年。我喜歡親近這時候的王老師。

一是六月二日，老師要我念《生活卡片》裡的句子給他聽，然後閉目傾身，側左耳以神聽。專注，沉順。聽得深有所會時，會「嗯」一聲，抬眼對我說：「只有我敢直接這樣說。」我問：「老師，您還記得是什麼時候寫的？」老師答：「很早。」從表象看，老師這週的語言能力比之前退步，但聽見自己曾用心提煉過的句子，卻又能神會。那種神會的樣貌，是作不了假的。他還會笑著提醒我（雖然話語不清）：「不要急，慢一點。」念完書，老師很感動，說他累了要去休息。走到房門又折回來，講了一些話，然後張開雙手擁抱我。師母問：「老師跟你說了什麼？」雖然詞彙語法邏輯錯亂，但我讀的是意念，明白老師要表達的是：「無論內外，他都很感謝。」因爲我尊重他的心神仍在，沒把他當病人。師母嘆口氣：「還是你了解老師。」

其實不止這些。

例如，二〇一九辛庄師範擊鼓唱誦祭祖一事，老師就爲我講了三遍，遍遍還歸清明，人要「活得像天地一樣美好」。師母說老師對「中道今來」、「念茲在茲」等詞很有感覺，還拿「易直子諒」那張講義，提議我講給老師聽。又如，陪老師台大醫院照電腦斷層後，二二八公園小散步曬太陽再回書院，老師以靜聽松風的姿態，安坐餐桌老位子。似乎想到什麼，指指我身旁那一疊文件。我拿起《易經白話生活譯》，問：「是這個嗎？」點頭，接過去，翻了翻，想了想。再起身從書櫃抽出簡體版的《道不遠人，德在人心》，拍拍封面：「這是我的書嘛！」很明顯，老師對自己投注大半生的生命之學，依然熟悉，只是斷了片。然後，把這本書送給我（師母說北京九州出版社只贈書院二本）。原來，老師還記得，記得我說我從此書獲益良多。

他拿出白紙，要我寫下電話和名字。再指旁邊：「你朋友的名字。」看到「許鴻銘」三個字，他露出恍然的神情，又指旁邊：「另一個，兩個字就可以。」原來，老師猶然罣念北京讀書的桓順。然後，他站在寫著「同塵和光」的大門邊跟我說再見，還拉拉學梅衣袖要她送下樓。

人中風後，識心本就在晦與明之間移動，這毋須隱諱。但，凡心神亮過的，眞心感動過的，眞心付出過的，就算語言能力折損過半，那個內在精神，依舊飽滿。

04 永思艱

鴻銘曾問老師有沒有迷惘、後悔過？老師回答得很篤定：「從來沒有懷疑過。但是一路走來，考驗很多。」是啊！認爲文化人不能生活太優沃，要有一點點艱苦，一點點操守的磨練，不然「下筆就會喪失那種生活的虔誠、厚度」，考驗怎能不多？！

民國六十二年，愼而重之的在卡片上寫下「人這一生也許是爲朋友來的」的老師，晚年以〈大過・象〉的「遯世無悶」自期：「我這一輩子的考驗就在這四個字，有的時候見到可以談的朋友，多渴望談一談啊！」人對群性之美，總懷渴慕。然，實則是連在花蓮伊萬里吃個飯，兩個相交近四十年的老友，都會爲了文化推廣有沒有效、該不該堅持而爭執。甚至，連書院老學生也這樣說：「王老師這幾年學生少很多，已經不是八〇年代一場演講動輒二三百人參加的規模，所以有你這個學生很寶貴。」

履道坦坦，行人何其少？撞擊心頭的落寞，怎麼這麼猛？

某次閑談，提到之所以願意花三年時間謄校易經文字稿，是因爲我相信，以後一定也會有有緣人像我一樣，從書中深受啓迪。我說：「要知道老師講的東西的好，要很有程度（無關知識、技術、學位）。」老師說：「可是毓老說，講課要通俗易懂。」我答：「那是理想。眞正落實下來，要有所調整。而且，老師自己不也說了嗎？若講眞正的佛法，大雄寶殿前的石階也會長青苔。」靜默了一會兒，老師緩緩回應：「以前覺得講了那麼多也沒人聽，所以不想講了。現在覺得，還是要講。」

自號大呆，有讀書人的呆氣，遇事較眞。風火爐中煉丹，家人怎能不同受熬煉的苦！當老師書房讀書，頭頂上的那片屋瓦，是誰在遮擋？當老師以客廳爲書院，有沒有米糧的廚房，是誰要盤算？

印象很深刻，留宿花蓮貝森朵夫時，老師無論如何就是堅持要對這位老學生傳達一種信念，把氣氛搞得很僵。師母慨然：「王鎭華這種性格能走到今天，眞不容易。」明白人都知道，那是師母眞心守護。就如同有一次在金湯匙咖啡館遇見顏崑陽老師，聊到了師母：「林怡玎本來可以成爲建築師，因王鎭華而放棄。」

記得我和桓順第一次到書院上課，下課後，師母怕我們在永和的老巷弄迷路，帶著我們穿過小土地公祠，左拐右拐來到站牌，告訴我們可以搭幾號公車，公車會經過哪裡和哪裡，重慶南路下車後，再往右前方看，就會看到幾號公車，然後換搭這號公車就可以回到士林……

這不是特例。師母對每一位走進書院的學生，都如此貼心。

人人都喜歡提芸娘是中國文學史上最可愛的女人。說她如何蘭心，雇餛飩擔子賞油菜花；如何茶葉紗囊，荷心取香韻。就是少有人提她和沈三白是吃醬菜過日子。要堅持、實踐信念一輩子，是這樣的不容易。曾到書院還書，被老師留下來晚餐。餐桌上，白麵白魚白蘿蔔，是正宗三白。老師自己心思清明，閑聊時也會提及：「我們這些辦書院的人，很清苦。」

但我總覺得，老師對師母不夠體貼溫柔。他見了陳映眞辦的《人間雜誌》，某期刊登了資源回收場，一對夫妻收工後拉胡琴高歌的照片很欣慕，竟說不敢稱自己是「夫唱婦隨」。聊到建築是凝固的音樂，還說師母才華不及林徽因。我當然不同意：「應該是林徽因不及師母。」老師知道我對這一點很有意見，找到成大時期騎腳踏車載師母玩耍的系列照片，對鴻銘說：「快叫淑貞來看，我們也是有年輕的時候。」

老師常說：「挺住就是一切。」但挺住，是要付出代價的。一〇六年三月，老師胃潰瘍住進台大醫院，出院後找我們到書院。爲了「中道」凡事皆可拋的老師，主動提起了文化顧問敦聘、上市櫃公司股票等事情。鴻銘的心很酸，一輩子謀道不謀食，病床前也被迫思考經濟問題。

然而，長年柴米油鹽的重量，終歸還是壓在師母的肩膀。《易經》形容坤卦：「先迷，後得主。」卦性柔順凝聚，始終顧全大體，故而易自覺或不自覺的遮蓋自己的主體。所以老師中風後，到書院探望，我拿出石頭新茂的風車草鐵線蕨的照片給師母看，師母說：「你眞用心。我現在自顧不暇了，沒有能力照顧，很多植物都枯死。」

最心疼的，是（二〇〇九年）六月十日接替學梅到書院。劉行一也來了，幫老師電療，幫師母按摩。一時無事，我就蹲在書櫃前凝視老師師母坐在成大河畔的那張照片。按摩完，師母走過來陪我坐下：「你剛剛在看的那張照片，付出的代價是一輩子。」「西格瑪的人，六月十五日要來看老師。我實在很不想讓他們來，讓他們看到我現在這個樣子……」我歎息，我無語。西格瑪是老師的青春熱血，但對師母而言，除了要面對至親的生命大考驗，還要坦露自己的傷口，現實是如此艱難如此狼狽。

所以，三月二十五日在一殯懷德廳，瞻仰遺容告別師母時，我不禁放聲哭泣。

05 純真不老

老師談《易經》萃卦「大吉，无咎」時指出，內疚是中道存在最細微的警惕，是接近自己最細微最準確的心法。要無咎，靠修補。所以，人練的就是修修補補的工夫。每對共結連理的夫妻，不也是如此？彼此成全成長，也少不了捉對折磨的時候。鴛鴦，鴛鴦，從宛從央，這個造字取譬，多麼傳神！一如一〇四年奉元書院易經授課後，老師師母相扶持在羅斯福路台電大樓前，等紅燈、搭公車、回書院的身影，多像《莊子・大宗師》「泉涸，魚相與處於陸，相呴以溼，相濡以沫」的那兩條魚，同體潤澤，也同體粗礪。

就像一顆石頭裂開來，這邊怎麼凸，那邊就怎麼凹。反凸顯正，正顯示反。所以，見過即見道。乾與坤，不二也非一。唯有合起來，整體一起看，才是中道。而這是老師對〈豫・六二〉「其介如石」一句，最創新性的詮釋。

一〇九年七月十五日清晨，老師來入鴻銘的夢，語音很清晰：「你們夫妻很好。但……不要太膩。」七月十七日晚上七點多，學梅來訊說老師走了。十八日，在家等候消息。十九日，書院上香頂禮。

四月以來，老師上醫院雖頻繁，但周身氣息清淨。即使豎靈以後，書院也是一派乾淨。明白的人，就會知道這個很不容易。所以老師走了，我一點悲傷之意都沒有。但師母不同，我的心頭積蓄了沉重的鬱鬱。

後來，聽說，因為師母此生純善，已經同老師在光的世界裡療癒，然後會再開啓下個階段、明媚而獨立的眞我的修煉課題，糾結的心才慢慢釋放。

也慢慢記起許多細微小事。記起師母誇我《易經》的上課心得寫的很細膩，有能力捕捉老師的精神。記起師母和鴻銘「還好，有你們這些學生……」「是我們從書院受益良多。老師教的，眞的有用。」的對話。記起師母在叫喚：「淑貞，快來看，雞蛋花開了。」一樣的空間，不同的時節。

也慢慢記起老師會抱怨，抱怨沒有人找他閑話家常，沒有人找他排隊買大腸包小腸，還問我們何時再約出去吃個飯？記起老師見我滑手機，把我帶到電梯旁布告欄，指著「在書院不可玩手機。」一行字給我看。記起中風後的老師，吃奶酪吃得好開心，指著師母和我對鴻銘說：「我的媽媽很好，你的媽媽也很好。我的媽媽煮麵很好吃。」

再後來，幾次夢見老師。夢裡，老師依舊是「純真不老，謙卑與大氣不老，心就不會老」的神情。醒來後，平旦微有涼意。我問自己：「堅持一輩子，是否無憾？」

依稀，彷彿，聽見老師講乾坤兩卦時，「什麼也沒得到，只剩心得，夠啦！」的回音。

二一〇年五月廿日

輯四・息生

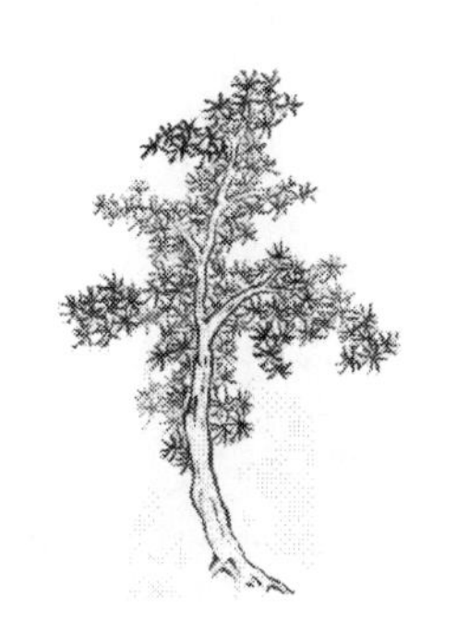

26

欒樹花開正當時

每天，

用去來一個多鐘頭的腳步，

觀睹瞻臨這塊土地

從葉綠轉黃再落光。

2C243研究室終於一點一點清朗起來了。

封閉了一年，鑰匙轉動後勾引而來的霉味，喚醒了向外張開的嗅覺黏膜，還有含藏於內的潛意識及經驗再生。這種喚醒的力度，細微，倘恍，帶出一種距離性的景觀。

冰箱，碗盤，書籍，雜物，棉被，一落落，都是去年七月退宿時，請貨運從同心圓搬過來的。最角落的高鐵櫃，鹽燈燈泡不知何時鎢燒了。液化的礦鹽，整個溢滿了擺在鐵櫃上頭的歷屆導生的手寫卡片和照片，連紙鍛的相框也一併罹毀。倒是老姐用緋紅硬紙板組構而成的發財樹眞的發了，嵌入葉脈的一枚枚五元壹元銅幣，受鹽水之沁，礦鏽斑斑，乍觀，還頗有青綠山水的富麗。

好吧！就從這裡開始。開始清理刷洗的工程。

＊

觸手有些扎心的卡片，當然要保留。鹽水鐵鏽鑿開了幾條褐色溝渠，順帶滲污了本來就不是很喜歡的白色夏季制服，正好借此回收。

照片，裁去被漬損的周緣，改貼在記事本裡邊。其中一張，是桓順參加慈小畢業旅行那時候寫下的「一腳踩在東半球，一腳踩在西半球」的願望。至於吹風機空氣濾網紙巾及其他，可用者留，無用者汰。

較困擾的是書櫃底層高高堆起的學位論文，到底回不回收？受聘學位論文審查或口試委員，雖不計服務點數，但每一本論文裡頭都有我眞誠以對的筆跡，所以不能留下實體，殊爲可惜。再一想，因爲眞實走過了，也就無憾。只可惜今日出門時忘了帶手機，沒能拍起來留作紀念。

清出來最多的，反而是這幾年批閱的學生作業和試卷。

藍色紅色黑色的線條，在意念與意念之間紛飛。第一次引導護理系學生完成《失落的一角》學習單，踩著自行車穿越太倉公墓趕回介仁校區開會的忐忑和熱度。第一次參訪吉安慶修院，偕花蓮青少年公益組織協會黃會長，商研如何以文學書寫的方式積累鄉土厚度。第一次參訪奇萊亞文化館，採桑葚、品小米酒，乳白色酒香中，映出撒奇萊雅族酋長酋帽的尖角……

不事王侯，高尚其事。

儘管藍色紅色黑色的線條，也在願望與現實之間，穿梭，跳躍，和角力。角力溫辣的記憶和心情。

心情微恙，盪來微恙的雨絲，滴滴答答落在介仁柏油小街。小街也不小，足足有我七日，不！是七年來復的旅貞吉。

*

來到東語系的第八年，我決定賦予它留白的意義，空筐的本性，重新澄清一些意念，所以去了溫哥華的英屬哥倫比亞大學觸探想像中的可能。

New Combination，創造性思維的本質。我想像自己善於連結，想像中英文章結構理論有重新組合的深層關係，有新的關係、新的可能性可以生成。所以寄宿校園南區的Birney Village，儘量讓日子過得很簡單。每天，用去來一個多鐘頭的腳步，觀睹瞻臨這塊土地從葉綠轉黃再落光；再用Koerner Library廣場前長椅上的午時陽光，儲存羽絨服所需要的能量。

也以一種游動的觀點，在文獻與文獻之間行進。由這種游動觀點所引生的理解活動，促成了篇章語彙一一傳送至有意識的心靈，形成一種認知思維的留存及延展。甚至通過參與、聯想和記憶，再投射到其他觀點。就這樣，從一個點，連向了另一個點，再接力另一個點，終而一氣呵成，妙合爲屬於自己的，如何觀看生命觀看世界的圖和底。

是觀看方式，決定了意義。

*

一個上午過去了，我學思所在的空間，還是亂成團。

但，也不急。清理一個小段落，就沙發坐坐，觀、感一會兒心境的自由和浮動。再完形一個場，令各種知覺意象有機整合，再化合，煥新生命的質地。

就好像，好像立在稍遠地，靜觀錢塘西湖藏春塢門前的鳥鵲飛蹴淩霄花，一朵，一朵，又一朵，慢慢飄落在霜松古幹。

風，騷騷然。情思細，落花可求韻。

雖然天色冥冥，微晴微陰。

＊

發現一張中台禪寺海眾安單表，二〇〇九年九月十七至十九日，普賢C202-3寮房。想起來了，那年西安碑林博物館致贈千餘件拓印本給中台禪寺博物館。我隨瑞光禪寺見心法師參加了那場名為「千年一拓」的儀典，流連在「魁星點斗」和張旭「肚痛帖」等碑帖之間，也因此緣而結識見逗法師拓墾的有機無毒嘉寶果和愛玉子山園。

我喜歡山園裡，逗師自構自建的禪修小屋。喜歡磚砌的爐灶。喜歡爐灶裡燃燒著的柴火。喜歡回望煙囪在林間冒著炊煙。喜歡襯著淡褐及靛藍棉紙的長桌。還有，喜歡手裡碗著的愛玉子。

之後，逗師也曾來花蓮探察有機無毒耕種，曾來我的研究小室，而後午饍Gulusto，而後過箭瑛大橋尋訪鳳林深處的見磐法師。

逗師修爲好，說我的招待，雲淡風清。

又發現幾張「以正慧力，調伏魔怨，得微妙法，成最正覺」、「憶念受持」、「契會證入，天人合一」等手抄的自勉語。文件簍裡，一張寫了「南州火車站」數行字的便利貼，隨順情感的力勢，奔出了2C棟二樓整座長廊的漆黑。

那是一段尋找迷失自性的困頓。每晨七點開門研究室，每晚十點才熄燈。直到，直到接獲一封署名「珍珠寶心（圓覺道場）」的郵件，才慢慢現出轉圜的契機。

生香眞色，本在即離之間。

因爲形塑我們的，不只是經驗，更是回應經驗的角度。

搬著一落落的書本紙張，貼緊「謙，尊而光」的自牧自養，回環往復在二樓研究室和一樓樓梯轉角的資源回收區。研究室也一日比一日清明。

*

幾日後，就是這學期第一次的慈懿會了。會裡，我簡單分享了在UBC的幾件小事，也鼓勵他們每日存養一點點的陽剛精神（類近朱熹所說的「涵養天機」），學習捕捉心光閃現的瞬息。還舉了婉暄利用今年暑假到德國普爾區多特蒙德鎮，觀看足球賽作爲例子。身爲多特蒙德足球俱樂部的眞球迷，她追賽事、學德語，就爲了有一天能穿上BVB09黃色球衣，在西格納伊度納公園主球場和球迷們一起吶喊。這種如實狀態的夢想成眞，足可令自己靜微低昂的生命，因此而存有而發亮。

慈懿會後，打電話給正在蘇州出差的鴻銘，分享我對學生的分享。他問有沒有錄音？還說我們都是擺盪在現實與夢想，走過萬水千山方知擺平自己最爲難。所以，無論花蓮或溫哥華、慈濟或UBC都很好，重點是日子過了就不會再回來……

可不是？當下現場和身而上的生命狀態，雖不完美，但光澤最生鮮飽滿。

掛了電話，自一樓川堂，拾階慢慢回轉二樓的2C243。

秋風也微微起。抬眼，唯見長廊盡處，漾漾金黃的介仁街，欒樹花開正當時。

一〇五年九月七日

27

翻閱資料有感心

昔日的手札書信圖紙卡片，
一冊一冊一頁一頁翻出來，
翻出了各種各樣的自己。

爲了找尋大晶法師前些年從緬甸寄回來的那封信，以及她剛薙髮時，我捎去南投魚池精舍的那封信的影印本，整個晨光，就只是蹲坐書房地板，逐一翻閱第三排書櫃最底層的所有文件。

昔日的手札書信圖紙卡片，一冊一冊一頁一頁翻出來，翻出了各種各樣的自己。

不同時空不同心語，不同象限的自己。善良的，稚嫩的，熱情的，固執的，微笑的，怒氣的，細膩的，鄙陋的，自負的，偏見的……。一點，一點，重新看見那時的癡愚和清明。癡愚和清明，也旋明旋滅，一路從二十年前的彼端，滅滅明明到了此刻我正蹲坐的這個點。

慢慢點描，慢慢拼接，自己如實的面貌。3D，但非虛擬。

我一向有把重要文件放入資料冊存檔的習性。卻也只是儲存，很少下回顧、省思、選擇、重組的提煉工夫。資料冊裡，保存了學生送給我或我寫給學生的卡片和書信，保存了國中高中同學及參加各種研習認識的朋友的往來書信。最多的是兩個孩子小時候送給我的紙條卡片和圖畫，每一筆每一畫的情感和力度，都飽滿，原生，質樸。

可惜，這樣子的資料，邁過不惑之後，就直接跨進最後樂章最後一小節的音符。爲何呢？是臉書興起後的自然代替？或是生活徹徹底底只留下了以庸俗爲圓心而單軌繞移？

還好，還有幾點清新的收穫。一是原來我曾是那麼受中學生喜歡敬重的老師。我很感動他們稚氣的筆觸透著的眞心，因此起了想要親自謝謝他們的念頭。我想拍下這些書信，想把照片寄給他們，想約他們吃飯約他們喝咖啡，想聽聽他們述說自己生命的故事。

二是在保存孩子小時候照片和塗鴉的冊子裡，讀到了五歲姐姐代替三歲弟弟寫的一張向媽媽說對不起，說他們不乖的紙條。我好懺悔。這年齡的孩子，每個都是天使。

三是找到了鴻銘叨叨念念的那篇自傳。那是他剛考上台灣工技院時，代他捉的刀。現在再讀一遍公婆如何從雲林昌南到台北幫傭，如何從信義路搬到後港墘的奮鬥，內心還是很感動。

四是覺察內心有很深很深的怯意，不太敢正眼去面對，面對逝去了的歲月裡的自己。那個自己，扁平，模糊。這些大量的蕪雜的原始資料，也因而成爲說不出口的沉重。以至很多時候，我讀不懂自己，也讀不了別人的心。

諸如此類，資料冊就虎據在書櫃的一隅。

一般都說，人在離世前會迴光，返照如我此刻的重新閱讀舊日的手札筆記。一輩子的庫藏，也會悲欣交集的一一映現，然後再把最珍貴美好的，下載，帶走。陳國鎮老師曾勉勵，與其臨終時再來整理，不如在每個不同生命階段結束的時候，就做足回頭的工夫。這樣子，就可以踏實自己的本分，用心在應做能做喜歡做的事。不菲薄，不迷失。讓每個腳印都自然又自明。

以前，總想自己可以做得更好，總等更完美的自己的出現，而忘了（不敢或恥於）回顧、反芻。一味向前的結果，就是忘了自己曾努力做了這麼多。

王鎮華老師說，生命往前開展，居然是往內心溯源的一個過程。如果，不斷往前開展的結果，竟是迷失了自我，那必是往前開展的性質有問題。

只要改過，就很迷人。所以，接下來，或許該是隨順本心，沒有功利，沒有矯飾，從這些資料裡，耐心的爲生命中幾個重要的轉折，煉丹，汰雜質。

一〇二年八月三十一日

28

中行讀易內練心

如夏風昂首，

拂過百齡國小人行道的欒樹樹梢，

羽葉新裁的背影自婆娑，

地面映印的光點自躍動。

七月二十五日，易經最後一堂課，王老師叮嚀八月九日德簡書院見的功課——直抒心懷。心懷當然不少，只是要寫些什麼才好？

自天祐之，吉无不利

寫第一次上完課，我們在劍潭咖啡小館對著「天下第一表」熱烈的討論，討論為何講義上簡簡單單幾句話，就炳煥了古德從大自然裡走出來的周易文化光彩？寫為了趕上九點半的易經課，一向蕭散的鴻銘竟甘心六點就起床到圓山健步？或寫他深深慶幸從蘇州回來整併土城廠，因為跟隨王老師閱讀經典而保住了天命？

還是寫我在馬尼拉靈惠學院借屯蒙兩卦的功力，分享班級經營、青少年心理。分享教育啓蒙要通，要重視自主心的自發自動；要正心告以正道，不權威，不填鴨；要尊重他如前港公園的小葉欖仁樹，每一株都保有自己葉落葉發的內在勁道和時程。因為生命的成長，只能分享無法替代。因為芸芸眾生未覺醒前，菩薩也只能等待；而等待，是一種很深很深的尊重和愛。

諸如此類的心懷，很多，很多。

於是，每週，我們都會把心得鋪上FB。挑最有感覺的一兩個爻象，或一兩句卦辭爻辭，反復玩索，觀照自己當前的生命狀態。

例如，〈漸．六四〉對應到公司經營管理，鴻銘很有感：均華雖然只是小小的蟑螂（台語）公司，主事者的心，擺正，不躲難，終也能「鴻漸於木，或得其桷」，讓三四百位員工有薪水可領、有桷木可落，而自己站穩「無咎」。

例如，〈隨．九五〉：「孚于嘉吉，位正中也。」王老師「知道活在中道、用心於正常生活的人，才做得到『嘉』字」的詮釋，既飽滿了「嘉」這個字的意涵，也卯榫了中道「樸、活、常、大」的特質。

例如，讀〈无妄．初九〉的「无妄，往吉」，周身氣場會隨之奮揚。因爲遇事認眞而遭忌而蒙謗的人，最易執念而忿忿而自己殘害自己的善良。其實，若能篤信「無妄之災仍無妄，大止之教乃大養。不怨外，不矜惰，終有四通八達、體會生命大美的一天」。所以，歷史會重演，終歸是自己對「境」練不了心，無法具足智慧，領悟重複出現的事理。明白了「大畜如山中有天，大中有止。君子以此原則，多識前人的嘉言、風範，以養自德」，始能像庖丁，遊刃進道，並保有對人的溫厚。

由於觸動的心靈太騰勃，下課後，我們到餐館吃飯，還會把講義拿出來念了一遍又一遍，分享給前來相聚的桓順聽。（附帶記一筆：要下課了，王老師說他對今天的自己有一點不滿意，對負面的事情猶有一些生氣。學員問：「在中道中，如果還有負面情緒，要如何處理？」老師瞅著師母，笑道：「先要忍住，再用最柔軟的心、最尊重的口吻，直說缺點。」）

又如，鄉下阿爸生病住院、兩個弟弟爭分家產，讀〈豫．六五〉「貞疾，恆不死」，發現「六五陰柔居中，雖正也要知險」，趕緊後退個三兩步。唉，各人的生命課題和考驗，血親如父母，也無能替代。但它又是一個「成大人」的必經儀式。

再如，讀山下有風的〈蠱〉卦，明白「能處蠱者才是大通之人，利做大事。他眞正能善終，所以能大始」；故而在擬赴加拿大UBC研究訪問、辦理同心圓退宿時，愼重所有家具的收拾、整理、分類、刷洗的終始歷程，愼重洗衣機、鍋碗、桌椅、風扇等物件的整齊乾淨，再雇貨車送入朋友的家門。

就這樣，我們把一句兩句三四句的卦辭爻辭和注疏，慢慢讀進心裡。讀進心裡去感覺，感覺每一個細微意念的來去，感覺和自己的生命經驗印證的那種感覺。有時，受困學術論文寫作的支離性，也會拿起易經講義和筆記，讀一讀，順一順胸壘鬱滯的氣悶。

時溫，時習，益大矣。

更不用說有一回下了課，羅斯福路遇見杜忠誥老師，相談甚歡，故而受邀到他的工作室。我們在工作室的書桌上發現王老師《道不遠人・德在人心》這本書，欣喜分享剛剛上完易經的心情和雖未能、然自許的「大人」。杜老師立即問：「何謂大人？」我們當然順口就念出「一、在家，竭盡父母天職；二、在公，竭盡工作本分；三、與天地合其德，與日月合其明，與四時合其序，與鬼神合其吉凶」的筆記。杜老師於是提起王老師曾因爲讀了他在副刊發表的一篇文章，主動打電話來肯定的往事。

那個下午，我們談書法，談藝術。談藝術要通，就得好好做個人。很盡興，很過癮，更獲「筍因落籜方成竹，魚爲奔波始化龍」的墨寶一幅。

以上，就是我們上易經課自始至終的心情。

鴻銘最興然（一種無名的大志），也最躍然。戴璉璋的黃慶萱的徐志銳的傅佩榮的劉君祖的曾仕強的朱高正的（錢基博的，尚未買），書一本一本堆疊在床頭，翻過來比過去，比過來翻過去，驚歎怎麼和王老師講的都不一樣！驚歎王老師為何這樣讀，這樣解，這樣想。

捱不住他糾纏著早晚提問，只好投降：「你上的是王氏易學。王氏易學，了嗎？」

心光自明

王陽明《傳習錄》記載：「朱子病目，靜久忽悟聖學之淵微，乃大悔中年著述誤己誤人。」第一次讀到這段文字，心裡不禁產生許多想像。

想像朱子晚年靜坐而心光自明而覺跳「誤己誤人」的那一瞬，他是如何確認、如何肯定、如何印證那個「淵微」，就是聖學傳下來的本來面目？如同新奇王老師第一次如何確認如何肯定「往內觀光，有道有德」？如何印證「德」、「心本身」就是那個唯精的「壹」？

想像如朱子之賢，尚需「病目」這個因緣才得以鬆開識心，讓天心流出來，窺見「忘己逐物，貪外虛內之失」（朱熹〈答呂子約〉）。於王老師而言，糖尿病是不是就是那個促成的一大因緣？而我庸庸，被老天爺從台北甩到蘇州再勾去花蓮，也就不是什麼太意外的事。

想像朱子「靜久」而見「淵微」時，他如何懂得要捉住？當下如何有「覺」又有「知」？那個「知」與「覺」又要何等精敏？就像王老師如何懂得「那就是佛（覺）親自來教導」？如何懂得「人不懂得接住稍縱即逝的覺知等感動，就沒有興奮、沒有成長，而放棄了至教至學」？細想，自己也不是沒有體驗過那種時刻，但爲何當下我不知道要接住？所以唯一、可能的答案，就是他們都歷經了無數次的進出。

由此，也延伸出兩個可貴的議題。

一是要尊重感覺。圓覺宗智崇上師常強調要尊重珍愛自己的feeling，feeling比理性認知更接近本來面目。若不懂得尊重珍愛從天心流出來的feeling，怎麼可能懂得眞誠愛自己？不懂如何眞誠自愛，又怎能眞誠愛人？

二是用心於細微。愈博大，精微處愈見精神。而精微，體現在日常細節的欣賞和內在些微意趣的咀嚼。如跋陀婆羅菩薩用心於洗澡這一類小事，積累和觸發，「忽悟水因，既不洗塵，亦不洗體，中間安然，得無所有」（《楞嚴經》）。

因此，上課時，我也喜歡收起往外看的眼睛，抛開看似邏輯嚴謹實是我執的識心，簡單，定靜，純一的聽，聽奉元書院，聽毗盧性海流出來的訊息。

當下，唯一要做的，是心光的捕捉。捕捉濯纓萬里流，心光耀動的那一刻。

會Human Touch的，必是貼緊最近最撓心的課題。比如生命價値觀在土石流時，接住的是：「眞正的實踐，不會有挫敗感。」膠著在某篇論文觀點及章節安排時，「功能，就是結構；而今多二分」等句子，就會跳入耳朵裡。

簡簡單單的話語，蘊藏通透的哲理。特別亮的，會自動攔截下來，放入心裡，咀嚼很長很長一段時間。常常，也會出現「啊，原來是這樣子！」「對，就是要這樣子！」或「原來古德也這樣子！」等等可親的小小的證悟，娟娟洗過「尊而光」、「卑以自牧」的主體。

如夏風昂首，拂過百齡國小人行道的欒樹樹梢，羽葉新裁的背影自婆娑，地面映印的光點自躍動。心，也微微自發光。

是一種「安靜中的慢」。

找不到言詮，卻豐盈自在。在最日常的脈絡裡，「在自己身心上理會」（朱熹〈答竇文卿〉），理會天心、人師、經師所教導的活跳跳的生命踨觸。不令語言文字或抽象概念，奪卻心神。

直接閱讀生命

《易經・繫辭上》：「聖人立象以盡意。」修行的古德，強調了易象豐富的象徵功能，揭示了形象大於概念的重要法則。

概念的鎖定，能對某些複雜問題進行思考並迅速抓住其特質。明確，單一。但此優越性，以捨棄大自然及生命本身的豐富性爲代價，人的細膩複雜的思想情感也因而難以充分表達。「書不盡言，言不盡意」，就是這個意向的指涉。

先哲「觀察」、「選取」而來的象，則是以近乎生活本身的狀態，引人領悟其中所包含的豐富。它可能雜，事物的內在性質往往也隱晦難明；但優點是內涵豐富，眞實。這也是王老師一再呼籲「回到心本身，直接閱讀生命本身」的根本原因。

當「觀物取象」、「立象以盡意」，成爲閱讀易經的兩個重要命題；當設象盡意，具有「其稱名也小，其取類也大；其旨遠，其辭文；其言曲而中，其事肆而隱」（〈繫辭下〉）的規律；現代人要讀好易經，亟需翻譯者（引導者）豐沛學思力、實踐力的啓發，始能「叩其兩端而竭焉」，充分連結「此」（象）和「彼」（意），拈出「意向」這一條虛線，如實一趟古德走過印證過的中道風景。

如〈大畜・象〉：「大畜，剛健篤實輝光。」王老師譯爲：「大畜，飛揚的生命理想，藉現實的限制、考驗，沉潛下來，陽剛的生命，才會剛健、篤實、光輝的開展。」糟粕盡去而留存光彩。

如〈萃・九四〉：「大吉，無咎。」王老師譯爲：「眞有良心的人，因內咎而修過、補不足，是大人行事。」有能力點出「咎」是面對自己很細微內在的法門，點出「眞做大事，由道才吉。內咎無，靠修補」，是何等精準而到位（也到味）的詮釋，又需要多少不計年參研的實踐工夫。

這是我在聽、在讀易經時，往復在此與彼、象與意、言與意之間，常盤桓心頭的問題。佛世尊說：「諸法所生，唯心所現。」心到哪裡，看到哪裡。眞實不虛。無法取巧，無法自欺。

所幸，面對古德從大自然走出來的這本書，只需直接閱讀生命，就可以踏上乾坤朗朗的「中行步法」。

時坐小窗讀周易，讀中道，讀生命。反復練習Rick Hanson提出來的HEAL四步驟，擁有（Have）一個正向經驗的當下，即試著豐富（Enrich），吸收（Absorb），同時連結（Link）正面及負面，萃聚於心神自學的煉丹爐，終而貞吉升階，有自己德與道、主與體踐履的淡薄心得。而不再只是——善於借功力。

履道坦坦，幽人貞吉

結束了，易經課大止止於〈萃〉、〈升〉兩卦，以「德行填天人鴻溝，其法曰萃，其報曰升」。王老師笑得童心，笑得如釋重負，並拿起原稿讓我拍照，囑咐回家後，最好一條一條整理出來，再寫下心得感受。

我和鴻銘日常對話的十之六七，也大都圍繞著每週上課的主題。亮心的花朵太繁盛，反而不知如何起筆，而且怎麼結尾都不對勁。只好自我調侃，此乃儒學止於至善之未濟，終也吉。

倒是鴻銘很奮起，說他也要活出新氣象，畫出自己生命主體的天下第一表，排出自己生命主體的六十四卦卦序。而我，很微小，只希望能記得時常溫習「天然首學」總而括之的六條定義及說明。因爲系上黨爭最烈、人人最急表態的時期，我都會把它拿出來溫習再溫習，讓每一句都扎扎實實打在原本外放的散亂心，守住好好教書的簡單清明。

以此，容我再借一次功力，作爲收束和自許：

一、相信天良。佛教所謂「自性皈依」，是最高的歸依。本心呼應著一切萬物天性，心神本有「默契之知」。孟子所謂「萬物皆備於我，反身而誠，樂莫大焉！」此即法喜充滿。

二、心神自學。心神總有覺察、覺知、覺悟等自明，那就是佛（覺）親自來教。人不懂得接住稍縱即逝的覺知等感動，就沒有興奮、沒有成長，而放棄了至教至學。

三、生活大書。生活是天地的大書，所有經典也都是聖賢在生活中的體會、結晶。所以，直接體會生活是第一手的；「動用中修」才是眞功夫。修，是生活中自己反省、調整，見過即見道；改過於己於人都是最開心的。

四、當場飽滿。生活之「當下現場」最飽滿，要學這時學最好。天然的「默契之知」，這時透過「和身而上」、「全心投入」，不論成敗，就成了實踐的「明晰之知」；實踐心得不會錯亂、淡忘、或退轉，此即下學上達的爲己之學。

五、自己的話。眞做過，就能用自己的語言表達，而不必依賴專有名詞、他人概念。實踐脈絡的用字說法，有眞實感（實感），可信度自高；妙的是：說法各異，卻眞溝通。……

六、孔顏樂處。人間至樂，不外上述日常生活之自得受用的狀況。只要有一口飯吃，不論貧富貴賤、學識容貌，「反身而誠，修養之樂」是人人做得到的。……中國人心中嚮往的孔顏樂處，無需遙想遠求。人人當下就可行。

一〇四年八月十三日一修
一〇九年九月十七日五修

補記：

1. 引號中的引文，未標明出處者，皆取自王鎭華老師上課的易經講義。
2. 課程中，鴻銘多次提醒：既來人世間磨練，就應多留心三、四爻。三、四爻是人位，人位的因緣瞬息萬變，故多凶險。應多觀其象而玩其辭，清楚定出自己的時、自己的位。

3.爲了繳交作業，蘇州出差的鴻銘特別把FB上，自認最精彩的心得，逐條拷貝下來，一邊提醒：「記得要幫我潤筆。」一邊探問：「你都寫些什麼？」我說我還在思索。「FB上你不是已經寫了好幾條？」「可是我想寫心裡眞正的感覺和體會。」哼了一聲，結束SKYPE前：「你一定是想贏我，才故意不讓我知道。」下午了，又來電：「寫好了沒？」「還沒。」晚來，上線再問。「還沒完成。」這次，他得出結論：「你一定偷偷藏起來不讓我知道，最小心眼了。」掛了線，一會兒，復來電：「寫好一定要借我看，不可以有秘密哦。」

29

情緒的學習、看見

當8學會躺下（∞），
貼緊生命，
眞正爲自己的才膽識力、胸襟和人品，
學習成長成熟，
自由無限。

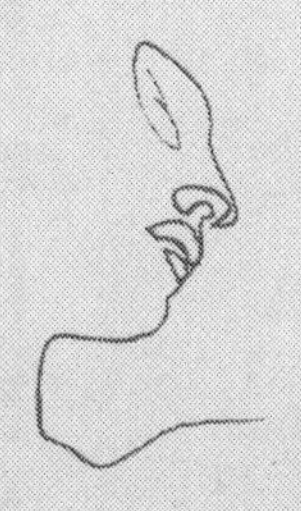

兩週以來，只做一件事，就是專心準備八月八日幸福諮詢論碼師考證。整天想的，也全是這道題那道題該如何答如何解，才能切中關鍵詞又含亮點。寫好逐字稿，看碼表試講，然後再修改，如是反復。妥當了，接下來，就是八月四日前，逐一約七位伙伴面對面「個案論碼」一遍。像昨天，和月娥在台北車站咖啡廳相互論碼，收穫就很豐盛。它比Line線上練習有溫度，也更立體，三個小時即可眞誠分享生命的故事。

而這，也是我決定深入學好學全「天賦優勢全息圖」這套系統的初心。

只要一張紙、一枝筆，就可以走入人群。

*

經由美髮設計師艾琳介紹，接觸艾莉婭心教育，學習數字密碼全息圖。它融合了大數據資料分析、驗證、歸納和西方心理學，透過西元出生年月日，就可以得出每個人與生俱來的7個數字，引導我們快速理解自己的人格特質、思維情緒和行爲模式。

以我自己爲例。左星位1，是入口碼、動機碼，對應的是海底輪，掌生命開創力。

凡1開頭的碼，獨立自主有想法，2能同理，3有效率，所以123聯合碼，有決斷，能分析溝通協調，發揮行動力感染力。如果，1無法經由能力展現自我存在的價值，就易自我中心或自卑逃避。當1的能力出不來，2易敏感碎心委屈，3沒耐性而發脾氣。右星位4，是內心碼、家庭碼，對應的是心輪，渴求安全感，善於計畫歸納整理。所以145聯合碼，有能力透過學習組織策劃祭出方案，依方向目標落實執行。如果，1的能力出不來，4又落在星位，擔心準備不足、怕萬一，遲遲不敢行動，5依心而行的目標力出不來，就容易錯失機會。坐鎮碼358的8號人，高能量時，能有創意有效率的依方向目標而行，完成責任使命願景。若處於低能量，3、5、8全是情緒，3急功近利而發脾氣，5期待落空、感覺不好就走人或放棄，8雖會顧全大局而隱忍，累積到最後也會大爆發。

反凸顯正，正顯示反。《老子》「反者道之動」的「反」，包含了「返回」、「反省」、「反轉」三層意思。芭芭拉．安吉麗思《靈覺醒》說得好，要做每個當下的主人，在選擇中修行。而選擇、蛻變，從自覺開始。覺，就是學習看見。看見每個數字相對應的正負頻率，看見從123延伸出去（路徑：134才能付出碼、235人格魅力碼），是後天環境鍛鍊出來的天賦能力459，透過學習籌畫、依心而行，發揮影響力感染力、建立體系，可迎來認同機會。回顧自己的學術研究，正是以辭章結構學爲核心，落實語文教學，出版《遇見天籟》《辭章章法四大律》等五種專著，進而連結文學、哲學、美學，豐厚傳統合院建築，出版《建築美學》《以石傳情》等專書。

與此同理，358延伸出去（路徑：382人格魅力碼、584組織策略碼）是426，有模仿複製調整優化的熱情力創新力，用目標管理感覺、行動，又能顛覆傳統、推陳出新，設計創新教案，完成語文教學的責任，多次獲得全國創新教案設計特優獎，再把個人和團隊在課堂執行的創新教案和他人分享傳遞。

145雖然較保守謹慎，但我同時有3有8，責任會驅動執行力。又可善加利用循環往復的流年，超前佈署，補足自己原本沒有的能力。《金剛經》有一個最經典的句型：「A，即非A，是名A。」意思就是：框架，即非框架，是名框架。4的原型，既然是擔心恐懼、要求安全感，那就大量學習儲存底氣；然後，勇敢有智慧的穿越4框架的自我設限和5自在隨性的拉扯，把負能量的雲霧撥開，老天爺送我們的禮物自會出來。從145延伸出去（路徑：156環遊世界碼、459經營管理、心想事成碼）的696即告訴我們，只要勇敢到五方大地歷練學習，智慧揚升，就可創造價值豐盛。

*

人都有自覺、良知、獨立意志、想像力等潛能。覺知、覺察，就是神佛上帝親自對每一個人做個別教育。這樣子的直接個別教育，不懂得尊重，卻到處依附權威，是捨大求小。而越深入自己，越能觸及世界。《孟子》的「萬物皆備於我，反身而誠，樂莫大焉」，就是向內觀光的法喜充滿。所以只要願意，人人都有「學習」「看見」的能力。要從哪裡覺察看見？從我們的情緒。佛家說「道在身中莫遠求」，道從哪裡找？從自身求。從自身哪裡？從覺，從感受。哪裡的感受最明白？心。怎麼觀照我們的心？從喜怒哀樂。《中庸》「喜怒哀樂之未發，謂之中」的「喜怒哀樂」，就是情緒。《六祖壇經》也說「悟此法門，由汝習性」，道在心中的形象，就是習性、情緒。

人的情緒是由一種「流動的能量」所組成，我們的老祖宗稱之爲「氣」，只是現代人喜歡用「能量」這個名詞。《易經・繫辭》：「一陰一陽之謂道。」陰陽就是「氣」。生命的本質既是一股能量，所以生命、靈魂、能量、氣，是同一件事。常言，心浮則氣躁，心得養則氣自和。以此，庖丁解牛的那把刀，實是心刀。他以心馭氣，以氣運身，無厚心刃故而得以悠遊紛擾人世。

可惜我們的心（氣）一動，貪嗔癡慢妒疑，往往也同步沾黏。所謂覺悟者，就是喜怒哀樂等情緒「發」的時候，懂得把人的好惡、愛憎、取捨、分別、執著，從氣的波動上拿下來。怎麼拿下來？如《無染覺性》所言，「只須隨任其自然生滅，原地解脫」；只須看著它，「當下不論何種五毒情緒升起，它們終將自行寂滅解脫，並萌現爲法性，故無須拒絕排斥」。《中庸》「天命之謂性，率性之謂道」的「率」，就是覺知。情緒本身無體性，從阿賴耶識（種子識）長出來。怎麼長出來的？何時會長出來？長出什麼？我們無從得知。但若能學習把好惡拿掉，不注入主動權和能量，只是覺察、覺照，它自會原地解脫。

能看見，就能轉變。數字密碼這套工具，能發揮作用的地方，就在這裡。全息圖內的七個數字及其組合而成的十二組聯合碼，是構成人生使用說明書的鋼骨結構，而流動其中的精氣血肉就是情緒。它可以有效引導對抽象情緒較無覺察力掌握力的我們，看見、理解、反省。比如，當陷入細節而升起自大嫌棄挑剔等情緒，提醒自己6專注完美的能量，要用在事而非人；猜想懷疑、鑽牛角尖時，提醒自己7要成就專業成爲貴人；興趣廣泛卻三分鐘熱度，提醒自己9要一門深入……

我們常常念誦的「菩薩」一詞，梵文的意思就是「覺有情」。情就是情感、情緒，只是佛菩薩懂得「依止甚深般若波羅蜜多而住」，懂得如何讓自己定頻在慈悲智慧的高能量狀態。蓮師《空行法教》所說的「在修持任何佛法之前，生起菩提心——將心依止在殊勝的覺悟上」，也是同樣的道理。

這些，我們都可以學習。心情好壞，人可以選擇可以決定。若決定不來，可能是因爲沒方法。果眞如此，那就來學習。學得會，叫心法，就可以當佛菩薩。所以不要小看情緒，它可是我們通往甚深法界的指標。

*

有時我會想像，「列子御風而行」的那個「風」，指的就是情緒這股氣（能量）。《老子》說：「吾所以有大患者，爲吾有身。」有身、有情緒，既然是人之爲人的原廠設定，數字密碼就有借鑑參考的價値。

因爲一般人探討不到甚深的執著認定，透過數字密碼把抽象情緒能量「可視化」、「符號化」，透過聯合碼3個數字「起始→過程→結果」相互激盪所產生的張力，可以引導人們看見情緒的正負頻率。然後，因懂碼（看懂，不糾結）、而論碼（分析，討論，驗證）、而用碼（數字能量，掌握自如），練習拿回生命的主動權。

1到9，每個數字都有它相對應的情緒頻率。其中，2、3、5、7、8的情緒較明顯，容易被看見。5，當期待落空，感覺不好就不說話或走人。2和7，小水和大水，情緒較隱忍。3和8，小火和大火，情緒多爆發。還有水火沖，例如887、832等聯合碼中的8和7（兩組）、3和2、8和2就是，情緒起伏大，易瞬間爆點，卻也擁有很強的語言感染力。就像一個人眞的活得好，我們會說他看起來很有光澤。光是火，澤是水。《易經·革·象》說：「革，水火相息。」息，生也。最相反相成的水火沖，反而是很大的生命表徵。

每個情緒，都是眞實的自己。麥克·辛格《覺醒的你》則又提醒，提醒那只是純粹的能量在我們體內奔馳，創造了思想和情緒的漣漪。明智的人會保持歸於中心（中道），當能量轉變爲防衛模式時就放下。放下，意謂著落在能量「後面」觀看，而非進入。所以我們內心深處，有個地方，覺性和能量（情緒）在那裡觸及彼此。那就是我們要修要養要下工夫之處。當人能打破低層頻率的不斷拉扯，懂得把「能知」落在情緒背後，純然的觀看，看它流過去，終會幡然醒悟：原來，每個情緒都不是眞實的自己。

情緒來了，一是停下來，覺察、承認它的存在；二是勇敢看著它，只是看，不要敵視，不要有是非取捨的分別心；三是接受它當下是如此眞實。等事過、境遷，再回頭深入觀照，看看到底是發芽了哪一根無明。生活中所遇見的人事物，都是我們的鏡子——內心世界的顯現、投影。外在塵境有什麼果，必是我們內在有什麼因。看見了，明白了，學習了，就放下，讓它過去。人生如旅，本是一條互動、循環、提升的螺旋式成長歷程，《菜根譚》「風來疏竹，風過而竹不留聲；雁渡寒潭，雁去而潭不留影」的風來、雁渡等情緒（事件），出現無定時；我們應做的，只能是日復一日「不留聲」「不留影」的練習。

所有的苦痛，來自錯誤的自我認知。痛苦同時也是生命的深度呼喚（痛苦，即生命的呼喚，是名痛苦），所以意義治療學者維克多．法蘭克《意義的呼喚》指出，要對得起生命中所受的苦。很痛，還敢面對，才是厲害！面對的勇氣，也恰恰位於霍金斯能量表中，轉負爲正的關鍵扭轉力。當一個人勇於自我承擔、負起責任，天賦能力自然發揮出來。最谷底的，一翻轉，極可能就是至高的覺醒覺悟。

悟後，才是起修。《老子》說：「修之於身，其德乃眞。」身，就是生命本身，兼攝生理、心理兩層意思。德者，得也。所謂修行成道，就是自己且修且行、走出來的一條路。此中，有心得有歷程。日常德行實踐的積累，才是長在自己身上的心得，才是儲存靈魂記憶深處的豐盛。

*

融合了佛洛依德心理動力論、馬斯洛動機與人格、薩提爾冰山理論等等所提出來的數字密碼心理學，將人的內在、外在，分爲水面上和水面下兩部份。浮出水面的第一層，是外在顯現的社會我，可分行爲、模式兩個維度。水面下，再分2個區塊。第二層，是個人欲望和社會規範相互協調折衷所表現出來的自我，可分期望、感受兩個維度。自我，會受原生家庭、教育程度、工作職場及文化、社會主流價值、世界思潮等後天環境影響。冰山最底層的本我，則是天生本有的天賦、人格。

本我、自我、社會我，三層六維，人的一切心理活動，都可從它們之間的聯繫得到合理的解釋。比如8號人，喜歡主導，喜歡被需要、照顧人的感覺，他忍辱負重、責任感強，也要強好勝、爆脾氣、急性子，所以奮鬥拼搏，追求卓越優秀。當自我期望和價值得到滿足，顯現在外的行爲模式就是有責任使命有夢想格局；當期望沒有得到滿足，就易陷入自責、糾結、壓力大、掌控欲，甚至自暴自棄、自我毀滅，因爲覺得再怎麼努力也不會受肯定。

《易經．豫．六二》說：「中正自守，其介如石。」一塊石頭裂開來，這邊怎麼凸，那邊就怎麼凹，兩者合起來一起看，才是完整的個體。一如8號主性格，正負能量也要合起來一起探討。當我們學會「數字頻率，一體兩面；正面負面，覺知選定」，自可如易經天地人三畫卦，以中孚（眞誠勇敢）面對、穿越8號的高自尊愛面子等頻率；甚至翻上去，一點（、），做回情緒的主人（全＝人＋主）。當8學會躺下（∞），貼緊生命，眞正爲自己的才膽識力、胸襟和人品，學習成長成熟，自由無限。

從能量、頻率和振動的角度，未來學家尼古拉．特斯拉（Nikola Tesla,1856-1943）指其可窺見宇宙生命的秘密。個人或父母若能「下學」數字密碼這套工具，理解、尊重彼此天賦人格的差異，可重新校定能量振動頻率，可和諧親子和人際關係；甚且，以覺引心引情緒，「上達」尊而光、卑而不可踰的中道意境。

濤濤紅塵，我們一路撞跌而來。要像五祖弘忍對六祖惠能的告誡一樣，善自守護。如何守護？借鏡經典，借鏡先知先覺的體證，或他人思維體系的觸發，帶引我們通德類情、覺醒覺悟。然後，鬆動意識，鬆動十二因緣中「行」的認定和意志、「無明」的預設和立場，從細微處，一點一點的改變做起。《老子》「弱者道之用」的「弱」，《大學》「物有本末，事有終始，知所先後，則近道矣」的本末、終始、先後，《空行法教》「見由高降，修自低起」的高低，指向一致。理想和落實，兩者之間的交鋒衝突本來就很折騰，但也會豐富我們的生命我們的心靈。

鴻銘多次詢問：「爲何花這麼多時間，準備論碼諮詢師考證？」以上，就是我的答案，我的初心。

一一一年七月廿一日

30

小言庖丁解牛

愛因斯坦：

直覺是上帝給我們的神聖禮物，

理性思維是它的忠誠僕人。

我們的社會卻把一切榮耀歸於僕人，

忘了禮物的存在。

李安導演的《臥虎藏龍》影片中，碧眼狐狸、王嬌龍師徒有一段驚心的對話：

「我依圖，你依字，原來你留了一手。」「那些字就算你知道也不能體會，你心裡明白，你的功夫就只能練到這裡了。我藏而不露，也只是怕你傷心。」「要不是李慕白那天試出了你的功力，我還眞不知道你瞞了我這麼多！」「師娘，徒弟十歲起就隨你秘密練功，你給了我一個江湖的夢。可是有一天，我發現我可以擊敗你，你不知道我心裡有多害怕。我看不到天地的邊，不知道該往哪裡去，我又能跟隨誰？」

佛家道家雖有「不立文字」、「言語道斷」的說法，上面這段對話，依然彰顯了一個重要議題：有時候，文字意念所能傳達的玄深幽微，圖畫抵達不了。一如《莊子・養生主》精彩的庖丁解牛故事。若能捨圖畫、動漫、或白話翻譯，耐住性子，直接閱讀、破譯、咀嚼古老文字密碼，當能穿越時空二千四百年，直取核心精神。

庖丁的姓和名

作爲中國文學史上最有智慧的寓言小說家，莊子在爲重要角色命名時，會不會藏故事？《紅樓夢》裡，情牽賈寶玉的兩位女子，林黛玉的黛，深綠色，屬冷色系，所以性子冷淡疏離；薛寶釵的釵，黃金色，屬暖色系，一如其人際關係。身為長輩的賈母，自然會比較喜歡溫暖的兒媳。再舉個例。《白蛇傳》裡的白娘子，姓白，白蛇精幻化而成；丫鬟小青，是條青蛇。白、青都是冷色系，呼應蛇這類冷血動物。素，有潔白意；貞，是對愛情的堅貞執守，否則她不會幻化為人，愛戀許仙。

同理可推，這麼有智慧的莊子，塑造男主角，用職業為姓，一定有他的道理。庖，以職業為姓。丁，則有兩種說法：一是名字叫丁；二是男丁，指性別，因為殺牛是一種體力活。課堂上，我常問：為何《莊子．庖丁解牛》的男主角要以職業為姓、以性別為名？尚未受到太多世俗框架的大學生，常會有「高手在民間」、「隱姓埋名，不想讓世人知道自己很厲害」、「無名小卒才是真英雄」等很有想像力的答案出現。

殺牛，算不上高尚職業，每日工作的環境也非常血腥。環境如此，庖丁都可以經由日復一日、年復一年的反覆練習，從技術提升到藝術，再由藝術抵達道的境界，更何況職業比他高尚許多的我們。所以莊子真正要表達的應是：任何職業，不分貴賤，只要有心、用心，人人皆有可能跟庖丁一樣，由技、而藝、而進於道，成為「職業達人」。莊子用最卑微的人物，顯現最莊嚴的生命狀態。以《金剛經》的話來說，就是卑微、莊嚴不二。這是「庖丁」兩個字，帶給我們的啓發和想像。

庖丁為何不解羊豬雞

牛在古代是珍貴的，尤其農耕時代。還有一個因素，文惠君是諸侯。《國語．楚語》記載：「天子食太牢，諸侯食牛，卿食羊，大夫食豕，士食魚炙，庶人食菜。」階級不同，吃的肉也不同。《論語．述而》記載：「自行束脩以上，吾未嘗無誨焉。」束脩，一般多翻譯爲豬肉乾，因爲孔父叔梁紇是魯國大夫。庖丁爲何殺的是牛，而不是其他？因爲文惠君是諸侯，宰牛符合他的身份；再來是牛的體積大，肌理複雜，難度高，挑戰性強，經得起一而再、再而三，長時間的反覆練習。當然我們也可以說，庖丁這一位職業達人在諸侯底下討一份工作。

庖丁解牛四階段

解析這個寓言故事，眞正的精華就在這裡。庖丁自述他解牛的進程有四個階段，一是長時間的反覆練習。

「始臣之解牛之時，所見無非全牛者；三年之后，未嘗見全牛也」，談的是三年練習前後的差別，在於是否看見牛的理間。「方今之時，臣以神遇而不以目視，官知止而神欲行」，談的是縱心而理順的現況。「今臣之刀十九年矣，所解數千牛矣，而刀刃若新發於硎」，從目前所用的刀已19年不用磨新，推測庖丁從事這份工作，至少25年（19加3，再加沒有指出來的時間）。可貴的是，從事同一份工作近三十年，每次總是「吾見其難爲，怵然爲戒」，態度戒慎恐懼，如第一次面對。

近三十年工作資歷，是一個三十年或是三十個一年的差別，在於有沒有用心積累。用心積累，那麼經過長時間的練習、精益求精，足以內化爲個人處事的節奏和韻律。所以庖丁解牛的第二個進程，是合乎韻律、節奏。

「手之所觸，肩之所倚，足之所履，膝之所踦，莫不中音」，談的是慮深通敏，熟能生巧。「依乎天理，批大郤，導大窾，因其固然」，談的是適牛理，合音節。「彼節者有間，而刀刃者無厚，以無厚入有間，恢恢乎其於遊刃必有餘地矣」，談的是經由不斷深耕，慢慢的就會看見筋骨和筋骨之間的縫隙。知己，是無厚；知彼，是有間。而且，這條縫隙，會隨專精熟習而變大變寬，遊刃空間也因而越有餘裕。時間空間一拉開，就會有層次、有彈性，韻律節奏跟著出來。得宜，則用力少。自然「動刀甚微，謋然已解，如土委地」。這是不計年的下工夫。

什麼是韻律、節奏？關於這個，易體會，卻難以說明。舉兩個例子。Popeye的小學同學來我們家打乒乓球，我常一旁觀看，觀看他們打球接球時的身體律動。身體律動感好的人，面對壓力，比較有彈性、應變性、持久性，以及賞心悅目性。一如京劇裡，牧童遙指杏花村的那個手勢，會先畫個弧，再送出去。

二〇〇六年蘇州博物館新館落成，我們常去那裡散步。博物館正門後，是一道玻璃月洞門。月洞門一打開，就可以看見貝聿銘設計的片石山水。他取米芾意境，白牆為紙，運石作畫。人往那兒一站，視線很自然的就會穿過水面，穿過石橋，穿過肌理粗細厚薄不同的假山，落在那片白牆上。然後，風吹影搖，吸引視線向上移動，看見從拙政園鄰借過來的綠意，繼而回到白牆，讓視覺心理在此稍作停留。最後，再隨水池裡游動的紅色錦鯉拉回視線。

白牆，有留白的意味，可營生一種氣韻。中國古典庭園為何這麼喜歡疊山理水？因爲它可以提供遊人的視線，推出去再拉回來，上下左右遠近（高遠深遠平遠）的流動。空間拉開，放上時間流動的因素，層次性自然出來；然後把心放慢，用心積累（內化的工夫）的歷史文化底蘊也會浮現，會悟陶淵明〈讀山海經〉「俯仰終宇宙，不樂復何如」的眞味。

宇宙，本就是一陰一陽、一虛一實、一自然一人文的生命節奏，流蕩著氣韻生動。當然，外在元素只是誘發，重要的是內化的韻律節奏在起作用。就像庖丁在解牛，雖然沒有放音樂，但他的心、他的肢體動作，自然而然「合於《桑林》之舞，乃中《經首》之會」。

庖丁解牛的第三個進程，是完畢時的回顧省思。工作完成後的後退三步，「提刀而立，爲之四顧」，就在回顧省視整個歷程。做得好的，自我肯定、持續；做不好的，調整改正。

整個過程是用心的投入的。身體雖然會累，但神采是飛揚的自得的，「爲之躊躇滿志」，最後仰視天地人間。這是多麼美的動作和結束。眞能自我肯定的人，才能看見別人的好。王家衛執導的電影《一代宗師》說，學武的人會歷經三種境界：見自己，見天地，見眾生。首先一定是看見自己，然後看見宇宙天地，最後是成全成長別人。這個，有次第，有秩序。

庖丁解牛第四個進程，只有一句話，但很美：「善刀而藏之。」解牛完成，庖丁是善待刀的。他會把刀擦拭乾淨，收進皮套裡，整個過程才算結束。善終，不是追求完美，而是要做到，儘管工作超過25年，仍守住年少的初心。善、藏，是「愼始而敬終」的精神，也有「養」的意思。面對自己的工作，愼始、善終，又能敬刀如愛己，這種大氣而謙卑的初心，要如《六祖壇經》五祖告訴惠能的話一樣，「善自守護」。守護好自己內心的火種，成長成熟自己，然後成爲另一個莊子，把薪火傳下去。

讓我們再複述一次，庖丁解牛四進程：（1）長時間的反覆練習；（2）合乎韻律、節奏；（3）收鞘，仰視，與天地古人同在；（4）守護明珠，把薪火傳下去。

如何由藝入道

庖丁說自己「所好者道也，進乎技矣」。從字面看，他好像只提了技、道，但我們從「莫不中音，合於《桑林》之舞，乃中《經首》之會」等形容，明白庖丁的解牛技術，早已跨入藝術的境地。藝，是支解過程符合韻律節奏，而韻律節奏就是藝術的基本特質。要如何由藝入道？德簡書院的王鎮華老師，在《道不遠人・德在人心》中指出：藝在練，道在常，中間扣起在一個「德」字。德，直心也。也就是說，在練藝的過程中，同時也把自己的心，修到直心境界。

什麼是直心？直心，就是第一時刻心裡直接跳出來、未經思維的純天然的直覺，也就是佛家說的佛性、本心。關於此，愛因斯坦（Albert Einstein,1879-1955）曾提起：「直覺是上帝給我們的神聖禮物，理性思維是它的忠誠僕人。我們的社會卻把一切榮耀歸於僕人，忘了禮物的存在。」

德，就是直心，第一時刻跳出來的。所以如何由藝入道？就是透過技術的練習（實踐），藝術知能的提升（理論），磨練自己內在心行的偏差。透過日復一日的練習，再搭配理論、前人智慧的提點，鬆開、調整內在的執著認定。爲何我們會說「失之毫釐，差之千里」？因爲內在軸心，角度稍稍偏離，時間一拉長，就有千里之遙的差誤。磨練過程中，人心難免會因誤解而偏移。沒關係！只要回到初心（復自道），稍稍調回一點刻度，時日一久，即可產生「千里」的校正效果。

閩南話有句俗諺：「江湖一點訣，講破是沒價值。」這點訣竅，未經他人說破以前，靠自己撞，沒撞個三五年、甚至一二十年，撞不出結果。若能得到前人的提點，可省去多少頭破血流。所以古代流傳下來的有智慧的經典，還是值得一讀。

那把解牛的刀

庖丁那把解牛的刀，是有形的謀生工具，也是無形的心刀。解牛時，「視爲止，行爲遲」，強調的就是屏氣凝神、專一心志，以心馭氣、以氣運身的狀態。

「依乎天理」、「因其固然」、「遊刃有餘」的依、因、遊，都有順的意思。順著牛生理上的天然結構，順著骨節間的空處進刀，故而「動刀甚微，謋然已解」，甚而「十九年而刀刃若新發於硎」。因爲得宜，所以用力少。因爲能量耗費少，自然延年益壽，得養生。順著天理，心的柔軟度、彈性就會出來（刀刃無厚），就能看見複雜人事或工作理路（彼節有閒），知道該怎麼安放手足、悠遊人世。

王陽明說：「心得養則氣自和，元氣所由出也。」所以，這把心刀，要修要養。如何養？要以「覺」引「心」。覺，是天心；心，是識心。兩顆心，重疊在一起。如何分辨？居於引導地位的，是天心；理性思維或想東想西的識心，爲天心服務。面對事情時，第一時刻心裡直接跳出來、未經思維的純天然的直覺天心，是定位定向的指南針。定好，再用理性邏輯思維，補足方法和步驟。因爲光靠佛心，無法入世。在人世，事情的完成要靠「以覺引心」。《孟子》說：「徒善不足以爲政，徒法不足以自行。」指的就是這個道理。

天心、識心，天人之際有空隙，要經由修、經由養，讓人這顆心慢慢向覺性靠近，才是順。身在職場的我們，若也能「以覺引心」，像庖丁之善用刀，就不會亂砍亂撞，撞得鼻青臉腫。

最後，引用淨空法師講述、《了凡四訓》書中的一段話，作爲「心刀」的結論：「符籙家有云：不會書符，被鬼神笑。此有祕傳，只是不動念也。執筆書符，先把萬緣放下，一塵不起。從此念頭不動處，下一點，謂之混沌開基。由此而一筆揮成，更無思慮。此符便靈。」道士不會畫符，會被鬼神笑。畫符靈和不靈的差別，關鍵在於「動念

（有思慮、私欲）」或「不動念」。不動念，不胡思亂想，把外界干擾通通放下，屏氣凝神、專一心志，往直心的方向靠近，然後提筆一畫，這符就靈了！

直心，和自己本身的「德」有關。世人看待專業，就只是專業。無關乎心，未必有德。莊子看待專業，卻是心、身能力的具體延伸。所以我們要選擇一個允許身心與之同步成長成熟的專業，成爲一個掌握「技（藝）」中之「道」，愛養「道」中之「德」的專業達人。專業達人，會有韻律有節奏，會和技藝一起老成，自得受用，也成全他人。

俗話說：台上三分鐘，台下十年功。當下現場信手拈來的即席性發揮，是台下數十年扎扎實實練出來的。佛世尊在《金剛經》裡說法，最常出現的句型就是：A，即非A，是名A。積累（A），是厚積的工夫；觸發（非A），是創意性聯想。積累、觸發，兩者合而觀之，才是貼近中道的人生。這裡頭蘊藏很多意涵，值得我們細細咀嚼和品味。

小結語

《易經》講「一陰一陽之謂道」。二元（A、非A）不是對立，是陰陽合德、剛柔相濟。如同我最喜歡的李白詩句：「卻顧所來徑，蒼蒼橫翠微。」卻是回頭，顧是看，是李白走下終南山時的回頭一望。蒼蒼，深墨綠，是日月積累的老幹老枝老葉；翠微，是樹梢剛剛冒出來，陽光一照，油綠得發亮的新芽。老幹、新芽，創生、凝聚，兩相成全。歷程就是生命本身，過程和結果一樣重要。就好像我們有時也會回望，望這一路走來的工作歷程，好的、不好的，得意的、失意的，全化為豐富生命的養料。最重要的，還能每天活出一點新意。

一〇九年七月廿九日一修
一一一年十二月十二日六修

31

此情長留天地

粉牆光影，

不在取色，

而在虛白，

在可意會不可言傳的象外之象。

二〇〇五至二〇一〇年，鴻銘的工作重心移轉蘇州。公司毗鄰楓橋古鎮，我們因而辦了園林卡，出入蘇州古典園林。明萬曆二十一年（1593）始建、同治十二年（1873）修建再修建的留園，和滄浪亭、獅子林、拙政園、網師園、七里山塘、北寺塔……一樣，歷史縱深足，文化底蘊夠，是我們最常散步的地方。

我們會從格林花園塔園路，經何山路、京杭運河轉楓橋路，抵西園戒幢律寺、五百羅漢堂；再沿上塘河兩岸垂柳，轉桐涇北路，走入留園。走著走著，就走出了以辭章結構學爲理論核心，探究全宋詞簾屏帷幕外的文人園林美學，申請科技部計畫，寫了幾篇論文。也因此，上週讀書會主題分享，我以留園爲例，從「今與昔」、「實與虛」、「視角變換」等視域，引領伙伴窺探古典園林的畫意與詩情。當時的許多美好，也靈光耀動，重回此心。

門窗與光影

以漆雕「留園全景圖」的門廳、兩重小院及明暗抑揚相間的狹長曲廊作爲入口的序幕，予人一種〈桃花源記〉「林盡水源，便得一山。山有小口，彷彿若有光」的懷想，調度遊園者的心理節奏。清代蔣驥《讀畫紀聞》指「山水章法，如作文之開合。先從大處定局，開合分明。中間細碎處，點綴而已」。所以留園布局，也講究因地制宜（水源、地勢、地物），劃分中、東、西三個景區，歸納、剪裁、濃縮、提煉、重組山水花木建築等元素。以少見多，以形入神，突破時空，深入自然，設計觀賞點、觀賞線，掌握生命情調的活潑性、整體性，營生「刻意不如偶得」、「拈來就是」的意興。

古木交柯小院，有清代鄭思照手書「長留天地間」磚刻。向西，是華步小筑。空間的圍與隔，主要由牆之「實」所引起；然，唯有門窗之「虛」，內外才得以穿透、延伸、交流。比如，在此，粉牆即分隔空間爲古木交柯、華步小筑、綠蔭軒、明瑟樓等區域，並開門洞和窗口，讓視線可以從一個空間看到一連串空間，形成收放與流動的空間意識。

北側牆面，六個圖案各異的漏窗，似隔非隔，人得以窺見窗外中部山池樓閣一隅。以門窗爲取景框，或鄰借或對借或遠借所形成的「四面皆實，猶虛其中」（李漁《閑情偶寄》）的尺幅畫、無心畫，限於框，又不限於框，移步即換景，甚至帶來「窗含西嶺千秋雪，門泊東吳萬里船」（杜甫〈絕句〉）的超時空想像。加上藏與露、虧與蔽、虛與實等手法的運用，小（有限）中見大（無限），增強景的深度、境的幽深含蓄，而有紆回不盡之致。這也是中國文人多愛從門窗吐納世界的原故。

門與窗，有通風、日照、交流、分隔等實用性，也因「透」的處理，擁有豐富的光影變化，以及由此而來的模糊審美性。當幽光打開渾沌，光的方向、角度和強弱，帶給迎接光線的材質各自不同的風貌，而開口讓光進入的漏窗或門洞，也給光源許多詮釋。人在古木交柯長廊上漫步，「梅影斜斜小院中」（周純〈瑞鷓鴣〉），明暗光影這一「虛」的形態、「虛」的效果，其質與量皆影響著人對空間量體的感知。而牆，「粉牆花影自重重，簾捲殘荷水殿風」（高濂《玉簪記・琴桃》），不僅遮擋視線，也是光影、花香和風聲的背景，隨時間變幻動態，尤能喚起人的審美想像，去捕捉形象本身並未直接顯露的內蘊。粉牆光影，不在取色，而在虛白，在可意會不可言傳的象外之象。這一個從「象外」所顯露出來的「白」處、「虛」處、「無」處，其內涵所指，標示了美的極致。唯有走入、體驗與沉思，才能領會那現象的詩性。

四方與四時

華步小筑院牆上的字，是清初學者錢大昕手書，旁有藤蔓植物，依四時變色。在園林栽花植樹，具渲染色彩功能。因為節變會連帶物化，「春初時青，未幾白，白者蒼，綠者碧，碧者黃，黃變赤，赤變紫，皆異豔奇采」（李斗《揚州畫舫錄》），直接刺激人的空間感知。「春夏秋冬早暮晝夜，時之不同者也；風雨雪月煙霧雲霞，景之不同者也」（笪重光〈畫筌析覽〉）。於是，春紅、夏雨、秋光、冬雪、朝陽、微陰、輕雷、晴昏等季相及節氣變化，利用計成《園冶》「因借」原理，也都納入自然審美對象，人這裡走走那裡看看，山水花木形色同時布建於置身其中的人的場域，而有歐陽脩〈醉翁亭記〉所指的「野芳發而幽香（春），佳木秀而繁陰（夏），風霜高潔（秋），水落而石出（冬）」的清楚認識。如二〇〇六華東五十年大雪，雪封涵碧山房、明瑟樓、綠蔭軒、西樓、清風池館立面各異的屋脊和池水，雪封皺瘦亭亭如送子觀音的冠雲峰，就深印我心頭。

取自《水經注》「目對魚鳥，水木明瑟」的明瑟樓，底層「恰航」，仿舟楫意念，三面皆空，緊臨涵碧山房。涵碧山房兩面開放，前臨荷花池，池水春碧、夏綠、秋清、冬慘，北望湖山上的可亭。亭臺樓閣等建築意象，清代鄭績〈畫學簡明〉指其爲「山水之眉目」，經常處於視線收束處。可登臨、休憩、遠眺，形體又富表現力，可豐富天際線，可發揮「引景」、「引入天時」、「延展意境」等功能。

如，六角攢尖瓦頂的可亭，「所以停息遊行也」（計成《園治》），曾是古人送別親友、餞行小酌處，花際、山間、水畔，皆可設置。它四面皆空，也四面對景。人一站上那兒，四方遊目，東西南北，宛爾目前，一園而兼有數十種風情，寓「惟有此亭無一物，坐觀萬景得天全」（蘇軾〈涵虛亭〉）的哲思。可仰觀，「天地入胸臆，吁嗟生風雷」（孟郊〈贈鄭夫子魴〉），天空成爲美感神遊的視域；可俯察，粉牆漏窗紫藤和銀杏古木一一倒映水中，予人「池光不定藥欄低」（陳克〈虞美人〉）的迷離倘恍感。當「池面杏花紅透影」（趙令時〈天仙子〉）、或「一片水光飛入戶，千竿竹影亂登牆」（韓翃〈張山人草堂會王方士〉）時，由於水的特性和流動質，杏花、竹林、白牆通過光線這一個媒介，與池水組成上下虛實相生的倒影觀照。人，出入其中，「俯仰終宇宙，不樂復何如」（陶淵明〈讀山海經〉）。

遊覽的動線

大體而言，園林多以廳堂、亭榭、樓閣、平臺作爲靜觀的點，而以園路、遊廊或水道，形成一條動觀遊覽的線。動線，是銜接設計的構成方式，巧妙聯繫起各個景點。動線與人的關係，表現了園林建築中動態與靜態的構成要素，決定了「人」如何體驗一座園林。還我讀書處南端的對聯：「曲徑每過三益友，小庭長對四時花。」就明言園路之妙，莫妙於逶迤，引導人或內或外、或左或右、或上或下，出入宇宙。《園治・興造論》說「不妨偏徑，頓置婉轉」，指的就是這個道理。留園也仿〈桃花源記〉「緣溪行，芳草鮮美，落英繽紛」的語境，在西部活潑潑地，引一彎流水自水閣閣下蜿蜒而去，體現殷邁〈自勵〉「窗外鳶鳥活潑，床頭經典交加」的人文山水。

只有頂蓋而無牆體、或僅有一側牆體的廊，是介乎「內」與「外」的第三域，提供連繫、過渡、緩衝、轉入等中介機能，調整著從一個空間到另一個空間的轉化。其種類，李斗《揚州畫舫錄》「板上甃磚謂之響廊，隨勢曲折謂之遊廊，愈折愈曲謂之曲廊，不曲者修廊，相向者對廊，通往來者走廊，容徘徊者步廊，入竹爲竹廊，近水爲水廊」的描述最精詳。

如連繫小蓬萊、濠濮亭、清風池館的紫藤花廊，可引導遊覽。涵碧山房西側的爬山廊，可連貫山勢，分隔中西部景區；廊間的聞木樨香軒，有「小山叢桂。最有留人意。拂葉攀花無限思。雨溼濃香滿袂」（劉敞〈清平樂〉），點染山林氣息。林泉耆碩館東南，依牆而建的亦不二亭，是半亭形式，接納了主要空間不足的溢出，扮演著「有用」「無用」互濟的角色，在無中創生新質。當「密鎖重關掩綠苔，廊深閣回此徘徊」（李商隱〈正月崇讓宅〉），廊增添了深度和靜謐氛圍；當「廊下。月和疏影上東牆」（蘇軾〈定風波〉），杜廊和陰影展現了音樂性。廊，因此成爲生理、精神、審美兼攝的詩性空間。

人在園林內的觀賞節奏，常是「可行」、「可望」、「可遊」、「可居」，動靜相結合的過程。靜是點，動是線；靜是息，動是遊。當人沿著聞木樨香軒、遊山廊步行到西部的活潑潑地、舒嘯亭，或沿小蓬萊花徑，經清風池館、五峰仙館、還我讀書處、來到佳晴喜雨快雪之亭，隨視線上下左右內外的流動，景物的主次關係和近中遠的層次搭配也隨之變換。「有花香、竹色賦閒情」（吳文英〈滿江紅〉），有「深院靜，隔葉鳴禽相應」（盧祖皐〈謁金門〉），有「映簾櫳、清陰障日，坐來無暑。水激泠泠如許。跳碎危欄玉樹」（陳亮〈賀新郎〉），山水花木的性情氣象、狀貌變態，皆從我目之所見、耳之所聽、足之所履，而使聲音含濕氣，花香知冷暖，終歸心覺，神遊象外。

時空交感

無論目之遊，或以動線及連續性原則的串聯，導引實質上的遊，都是時空結合的整體感受。它頗近似傳統繪畫手卷，透過「咫尺之內，而瞻萬里之遙；方寸之中，乃辨千尋之峻」（蕭賁〈續畫品〉）的一連串虛實場景變化，調動人的感知和想像，涵咏於季相、時分、氣象所參與的時空交感。然後在移情中，得莊子「逍遙遊」精神。如五峰仙館前，開門揖山，不斷地移動高遠、深遠、平遠等視域和視點，將天地萬物羅織於氣韻生動的畫面之中，而使山水的形質，直接通向「虛」、「無」、「玄」等哲學層面。以此，山水的體「遠」，同於道家的體「道」。

以心靈為中心，「看燕拂風簷，蝶翻露草」（歐陽修〈摸魚兒〉），悠然窺見大化流行。目既往還，心亦吐納，視覺審美節奏終又回復心靈的觀照點，進而與歷史文化脈絡結合。如濮濠亭與莊周同「觀魚之樂」，舒嘯亭與陶潛同「登東皋以舒嘯，臨清流而賦詩」……，生活其中的人，得以休息、歸根、復原。

《易・復・象》：「復，其見天地之心乎。」來去往復的哲思，積澱在文人審美心理。甚至，只要「一方天井，修竹數竿，石筍數尺，其地無多，其費亦無多也；而風中雨中有聲，日中月中有影，詩中酒中有情，閒中悶中有伴」（鄭板橋〈竹石〉），就可以「觀」晨昏、陰晴、節氣的形色，「感」山光水色的細節和性情，「味」花木生意的變化與常軌。一如宋代詞人陳克〈菩薩蠻〉所描繪：「綠蕪牆繞青苔院。中庭日淡芭蕉卷。蝴蝶上階飛。烘簾自在垂。玉鉤雙語燕。寶甃楊花轉。幾處簸錢聲。綠窗春睡輕。」青苔小院裡，有芭蕉和楊花，蝴蝶和雙語燕，也有牆和垂簾所起的分隔作用，自成一個深靜自在的世界。

我們也如此。時而俯，時而仰，遊心於「小山庭院靜，接回廊。疏疏晴雨弄斜陽。憑欄久，牆外杏花香」（曹組〈小重山〉）的古典園林，遊心於活潑潑地的林盡水源，自得，舒嘯。

二〇一一年十二月十一日

32

回看天際下中流：貼緊生命，讀王氏易學

〈益・九五〉「有孚惠我德」、
〈隨・九四〉「有孚在道」，
德跟道，
就是易經的主軸、核心。

一〇三年九月三日到一〇四年七月廿五日，為回饋毓老，王鎮華老師在奉元書院講《易經》，上學期十六講，下學期十九講，共三十五講。這是老師第十三次講《易經》。我因為讀了《道不遠人，德在人心》這本書，獲益良多，起了要回饋的心。一〇四到一〇七年，我把三十五講的上課錄音，整理為逾七十萬字的文字稿。本來約好，一〇八年八月開始共同校稿，但老師從辛庄師範回來後病倒了。直到一〇九年二月廿六日，才正式展開。

每週三的下午三點至五點半，是約定校稿的時間。通常，老師會先暢談一週心得，只是常常一講就近四點。這是校稿速度緩慢的主因。還有，一〇三年被老師抱著上《易經》第一堂課的孫女小艾，如今（一〇九）已是小學一年級的新生。六年過去，老師自己也忘記當時講了什麼，以致於校閱時，常常看得入神，等回過神來，才嘆道：「這是我講的嗎？」「當時怎麼可以想到這些？」並點評：「這份文字稿，價值不低。」

這些對話，我大都會筆記，和鴻銘分享。整個過程，獲益最多的，也是我們。《易經》上課內容，成為我們的日常談資，我們的閨房之樂。

老師雖患糖尿病，卻喜歡吃，是個美食主義者，竹子湖玉瀧谷就是他心中五星級的國賓飯店。他常邀我們：「什麼時候再出去吃個飯？」一〇九年一月廿八日（大年初四），接老師師母到板橋希爾頓。桓順也在場，聊起年輕人的情感事，一時得意，老師說溜了嘴，說他當預官時，和福利社的阿花在臺中公園約會，轟動全連。師母很訝異：「我怎麼都不知道！」

飯後，在櫃台等結帳。老師輕手的從糖果盒拿了兩顆糖，放進外衣口袋，然後輕腳走開，神情跟小男孩沒兩樣！也就是這一天，老師親自定調：此《易經》文字稿加講義（含論文）一起出版，作爲德簡書院三十週年紀念。

老師說，前幾講，上課的前半小時到一小時，少談卦辭爻辭，都在談中道，一般學員乍聽之下，會疑惑：「這是在上《易經》嗎？」每一講我皆用心聽校，針對這個提問，我的回饋是：不覺得跑野馬。因爲每一卦都是生命入手處，只是進入中道的路徑不同。六十四卦，就是六十四種生命狀態。老師希望能夠兩頭開發，從中道打出來，再從六十四卦打進去，講卦的時候，自然會從中道再講一次。若能理清整個脈絡，就不會認爲在跑野馬。末了，還補上幾句：「老師，您絕對找不到第二個學生，把這三十五講的錄音，聽超過五遍以上。」老師很誠實：「我自己也做不到。」

（一〇九）三月廿五日，校稿後閑聊。老師有感而發：「以前覺得講了那麼多也沒人聽，所以不想講了。現在覺得，還是要講。」我說：「要眞正懂得老師東西的好，要很有程度（無關知識、技術、學位）。」三月廿八日，老師左腦顳葉出血性中風。出院後，四月廿九日，陪同臺大照電腦斷層。五月十二日，老師用不連貫的語彙，指引我們看見《空間母語》書中，照入筱雲山莊和藝圃屋內的陽光是多麼美。大腦語言區受壓迫，原本的批判性不見了，老師的神情反而醇化，澄亮似少年。

六月二日，要我念《生活卡片》裡的句子給他聽。念完，老師很感動，說他累了要去休息，到了房門口又走回來，張開雙手，抱抱我，跟我說謝謝。六月十日，深心所繫吧！要回家了，老師坐在餐桌那兒呼喚：「還要再來哦！下次還要再來哦！」送我們到門口的師母，問：「老師爲什麼一直叫你要再來？」我答：「老師應是還記得每週三要校訂《易經》文字稿這件事。」七月十五日清晨四點許，老師來入鴻銘的夢，語音很清晰：「你們夫妻很好。但……不要太膩。」民間習俗，人過世前，他的心神會先跟自己重視的人告別。我想，一是易經文字稿的遺願；二是放心不下師母；三是老師師母說的

「還是你們夫妻最實在」。

果然，七月十七日十九點四十五分，學梅來訊：「老師走了。」

*

八月七日告別式，一殯瞻仰遺容，放入老師棺木裡的卡片，鴻銘寫的是：「在裡面，接下去，活出來。我要學做一大人。」我寫的是：「我會信守易經套書出版的諾言。」八月廿三日臺北書院追思會，九月十七至十九日德簡書院三十週年紀念會。會後，隨即成立審校小組。十月廿三日召開第一次審校會議，確立審校原則：（1）以上課影音檔爲依歸，修錯字，修口誤，修誤引；其餘，效法《道不遠人，德在人心》一書，不作過多修潤，爲現場上課氣氛做最大程度的保留。（2）遇特殊字詞，以講義（板書）爲準，因老師用詞，時有創新。（3）現場師生提問，爲求意念的連貫，斟酌處理。（4）字詞之間，老師會有空半格的習慣，凸出重點。（5）標點符號的使用，關涉語法、語氣，因應調整。（6）異體字要統一。（7）敏感議題，適度刪減。（8）每月在書院召開會議，溝通討論。（9）文字學方面的疑慮，委請丁亮老師釋疑。（10）張致文老師提供所有課堂講義。（11）爲求完整，增收老師八篇易經相關文章。

人皆有固定思維模式，七十餘萬文字稿，謄校時再仔細，也難免不周，故有賴另一雙耳朵幫忙修錯補漏。爲求嚴謹品質，每位委員都要如實塡寫每一講的「問題反應紀錄及執行狀況表」。爲了不辜負每位委員的眞誠付出，他們所回傳的每一份修訂稿和問題紀錄表，我都老老實實的逐條檢查、重聽，再逐條修訂、回覆。守住初心，守住承諾，守住品質。這應也算是實踐老師所說的「講習」工夫。

一一〇年三月二日，師母過世。三月廿五日，一殯告別，我放聲大哭。度過了傷心的四月和五月，生命旅程還是得重新上路。嚴守既有的節奏前進，十一月五日完成三十五講《易經》文字稿第一輪審校。十二月三日第六次會議，開始第二輪審校。爲體貼讀者，爲求統一性，由我負責處理小標、分段、標點、通順語意，再以每週兩講的進度，供所有委員討論。是誰整理的文字，很自然的，就會帶有他個人的理解、興致、偏好……，這是無法避免的事。也因爲每個人都有自己的主觀意識在流動在貫串，彼此難免有歧異，因此充份的討論是必須，因此我要在此誠摯感謝所有委員的尊重和付出。

就這樣，一〇九年十月廿八日起動，一一一年六月完成兩輪審校，九月簽約美編設計。書院廚房窗外的杜鵑，也正正嫣紅了兩回。

*

結束奉元書院三十五堂易經課，老師集結「六十四卦的註解和翻譯」講義、〈未占有孚——易經的中心思想〉〈千古學問盡在躬行〉〈「明珠在懷」的根本源頭〉等文章，一〇五年六月初版試印《易經白話生活譯》，書名有別一〇四年定的《易經白話詩譯》。

書名由「詩譯」，調整爲「生活譯」，應是重申貼緊生命、貼緊日常下篙的脈絡。「再偉大也只是本份」，「一切回歸生命本身、生活本身。」「行有餘力，則以學文；讀經還在其次，自明之德才是最偉大的老師：平常心，祂只教自然活。」「活了一輩子，原來——生命的意義，就在整合實踐心得，發現生命本身的豐富。」……所有話語，一一指向脈絡就是歷程，歷程就是生命本身。此乃由藝入道的秘密，在於生活，在於日常，看似不起眼的小事都有大消息。

整個易經大半在談生命的「防微杜漸」，人生重要的都在當下中。量變而質變，所以「微」是關鍵；而時間最神秘，常常接觸什麼，就會變成什麼，「漸」就是習染、沁潤、積累。微漸二字，時位一體。所以，王老師以「相信天良、心神自學、生活大書、當場飽滿、自己的話、孔顏樂處」六句話，重新定義「天然首學」；也提及「履錯然，復自道；唯心亨，行有尙」，六十四卦核心在此。貼緊生命，回到日常、平常、正常，當眞、較眞、認眞，易經就可以不用讀了。

〈益・九五〉「有孚惠我德」、〈隨・九四〉「有孚在道」，德跟道，就是易經的主軸、核心。八十四年，《明珠在懷》發現傳統文化的核心是自明之德。八十九年，《有主有體，活的感心》，由德進展到道，由自明本心呼應自然天性。九十二年十二月三十一日心得筆記：「人類人生就一件事，從自心中，覺性自度，無念自明，是覺是主；萬物自然，是道是體。心覺屬頓，修心屬漸，頓漸一生，實是一息。德道主體，共生大美。」老師自號「息生」，其意在此。九十四年，清楚確認天賦的德與道，就是迷失百年的主和體。主體就是存在，就是中道。又舉《中庸》「天命之謂性，率性之謂道」，說明性偏天賦，德重人爲，道合之，所以「率」需力行。德道即是天然，又需人爲，才能竟功。

「溫柔和諧，豎念敬事，就是智慧。『我知道』並不等於『我就是』。所以，知與說，有時就是一種貪了。心自清明，收斂意念，實行自己份內的事，生活就越活越有勁了。」所以，天然首學在中道，明德由道位中行。主體位、德道行，生命主軸的三道心光。書院懸掛「三易堂」，也指向這個意涵：

以自明的德 直心覺知，不證自明，一易。（主）
以自然的道 生命脈絡，自然而然，常易。（體）
以自行的義 坦承實行，成長本份，簡易。（位）

八十六年，〈生命之境，就是文化——文化從「明珠在懷」復興起〉提及：「寫完《明珠在懷》兩冊書，一年多來靈思不斷，到去年十月，心中蘊育出『主體位變台』這五個字，雖然一再調整。」九十年八月改定〈主體的建立——生命之道的九把鑰匙〉，確立「心台/主體位」，尚無「文」這個字。一〇〇年十一月十八日，爲了《建築美學：合院多二一（0）結構》一書，首次拜訪書院，老師帶我跑了一遍周易大表，指著「天人之際的特性」旁邊的位置：「我還在考慮要用『史』？還是『文』？」

「文」這一步，看似很小，老師說他走了很久。因爲「眞正的文化是平凡且深刻無邊的，不易講明，卻能使人終身服膺」；就像「中國有些藝術品看似俗氣，而它卻是頂尖的，即因其中充滿貴氣」（〈中國藝術的特質〉）。而貴氣，是一種自爵，由德行實踐而散發。一〇二年十二月廿二日晚上，花蓮建國路吃冬至湯圓，老師問：爲何都說「江山如畫」，而不說「畫如江山」？因爲這裡頭有人的歸納、提煉、濃縮、剪裁、重組，有人文化成的復自道、自修養。

讀書要讀出味道，讀出個人獨到的觀點和心得，甚至澄清概念、設定判準、建立體系，需要多少不計年參研的工夫，才能等閒拈出？這是才膽識力，也是胸襟和人品。

錯綜複雜是生命的本質，王老師從「天人之道：錯綜二十組」，將六十四卦重新排序，歸屬「心台文／主體位」六大系統，一〇四年二月十二日確立周易文化體系大表，在夏《連山》首艮、商《歸藏》首坤、周《周易》首乾、漢馬王堆帛易外，另建以震爲首的第五種卦序。

毓老之後，王老師「接著講」。鑑於現今資本主義消費文化盛行，問題核心在自主心，心用如地震。起心動念，能知止（獨立、自由、責任／選判、價義、活出），才是撥亂反正的關鍵，所以重排卦序，正本清源，賦予時代新意。若再往前追溯，老師八十三年的筆記，即認爲「震」是首卦。一〇九年，修訂〈易經的中道（曉易經）〉，正式定稿言明。

每堂課都貼緊生命講中道，不談五行，不談占卜，少談風水，連八卦的象徵都少提，這就是「王氏易學」。心、台，孤陽不生，孤陰不長，是執命。主，陰陽合德；體，陰陽消長；兩者，合起來是天命。文、位，陰陽相濟，是慧命。「心台文／主體位」六象限，是老師「建築、文化、天人」治學三階段的總結。他最喜歡各點出一兩句關鍵詞，把六十四卦跑一遍：

心：自主心用悅，陷溺需厚止（震艮兌巽）
　　明井通天，小惡盤根（井困賁噬嗑）
台：生命出血，爭訟明傷（需訟明夷晉）
　　富裕妄生，收斂渙機（豐旅節渙）
文：老成傳明，錯然險枕（坎離）

捨得亨小，復正常化（既濟未濟）

主：中孚感應踏實面天（中孚小過）

有孚惠德，感恆中益（咸恆益損）

生教通範，反正革立（屯蒙革鼎）

中饋王家，遇主結解（家人睽蹇解）

體：陽剛遠大，姤剝復臨（十二消息卦）

見微行漸，成長以之（漸歸妹）

影湊隨道，大人尚事（隨蠱）

位：實踐自得，大德慎矜（頤大過）

自道素履，凹凸終謙（履小畜豫謙）

同人大有，內比領眾（同人大有比師）

萬物誠實，知止養成（无妄大畜萃升）

也會隨不同主題不同體證，自在悠遊六大系統。比如，從大表中提取〈乾・九二〉「見龍在田，利見大人」、〈乾・九五〉「飛龍在天，利見大人」、〈革・九五〉「大人虎變，未占有孚」、〈訟〉「利見大人，不利涉大川」、〈升〉「元亨，用見大人」、〈萃〉「王格有廟，利見大人」等六條，帶引我們領會「大人」的三層意義：一在家盡好父母職責，二在工作上盡好本份，三「與天地合其德，與日月合其明，與四時合其序，與鬼神合其吉凶」。而且，只要有心，人人皆可畫出自己的天下第一大表。

*

一〇四年七月廿五日，《易經》最後一堂課講萃升兩卦，老師總結了七點，畫在黑板上。我聽得很有興味，但一時偷懶沒有抄錄，下課時趕緊拍照。老師見了，拿起原稿讓我拍，笑得很童心也很釋然，囑咐回家後要一條一條整理出來，囑咐八月九日德簡書院直抒心懷。適逢鴻銘到蘇州出差，改約十六日回書院報告。鴻銘天南地北說了一圈，老師仔細聽完，做出點評：「我現在看出來了，淑貞是透過許先生的眼睛，看到外面的世界；許先生是透過淑貞的眼睛，看到心靈的世界。」建議鴻銘要涵養天機，要接近、感覺大自然。口語，較活，較接近存在；但文字，比較能穩定的存下來。學習有四階段：一、虛心的聽；二、充分了解與掌握；三、寫下來；四、通俗化，讓一般人聽得懂。至於我，老師提醒靈性流動時，不要塞太多東西，少得了，才是掌握道的方法。也唯有讓它沉澱，少得起來，才能駕馭道。

這是課堂外的隨機化育，最生鮮，最活潑。如一〇五年二月二日，臘月廿四，清屯送神，恰好老師打電話來，鴻銘爲老師細細解說臺灣民間清掃神案香爐的習俗。香爐裡的舊香灰，用篩子細細篩過，再添加鄉下阿爸用春耕夏收稻草燒成的新香灰。留下三支舊香腳，取意「新接舊，才會年年有」（臺語）。外在灰塵和內在精神的屯積，清理體當，通天踏地好好活，家門自會興旺……。老師認眞做筆記，還反復確認，然後二月六日臉書貼出〈過年的「清屯」禮俗〉一文，把手稿愼重送給鴻銘，說這個「很重要」：

其中有通天澈地深意：屯蒙革鼎（易經四卦）
　心頭的大掃除：改革「命運」，鼎立「天命」。
屯，一如「小草柔嫩尖端，突破地表」的意象
　宣告春臨大地，萬物重生氣象新！
於人類：德心天賦，接通道勁，千年暗室，我心甦醒
　釋放自明，體會、體證、融入大自然。
　天道悠悠，懂得、下心、卑懷 好自牧。

當下現場如此飽滿的，還有（一〇五）二月三日，到書院拜早年，老師從書法「如

屋漏痕，如折釵股，如印印泥，如錐畫沙」四句，為我們講「書法・雅樂・道藝共通之點」；講自然的道/體，備天地之美，進得去才出得來；講德/主，稱神明之容，精神出來，收斂得住是工夫，放得開是心態。講完，一起散步到飛月小館用晚餐。席間，更精彩分享：「《論語》是基礎，《大學》《中庸》是樑柱，《老子》是接榫，在大自然的中道裡，蓋一座《易經》的大堂。」建築、經典、自然，緊扣到位。

一〇九年三月十八日，在書院和老師校《易經》文字稿，鴻銘、桓順也過來幫忙直播連線問題。結束後，老師特地拿出一張講義，蓋上「春」字，期勉鴻銘：「仗特」二字要注意，「退、下、卑」是關鍵；認錯改過要學周處；成長、成熟、成大人是主軸；生命是自己的事，誰都幫不了自己。然後，輕輕交待：淑貞很聰明，能力好，反應快，易傷群。

三月廿二日，臉書微信同時直播「不數落的詩人」，老師從詩人楊牧談起，以蔣青融「孤帆遠沉水，曉鐘過迴廊」、紀剛「用生命寫史，用血寫詩」、杜甫〈春夜喜雨〉、蘇軾和陶淵明等人的詩，回顧生命歷程。直心直言，王懷慶一九八〇年創作的「伯樂像」，昔日矯健而今骨瘦的千里馬，多像中道文化；撫摸馬頭的滄桑老人，多像自己。誰知，這堂課，竟成絕響。三月廿四日，臉書發文「易直子諒」，是老師中風前最感動的卡片，印了好多準備分送給學生：

易直子諒，語出禮記樂記：
易，生生之謂易
易繫詞句。易是專用名詞，至難也至易
直，直心是道場
維摩覺經。直心呼應生道，常被心用覺用掉了
子，還在喫奶的孺子
子讀齋，特指深契。喫指緊扣一體感。
諒，嬰兒與母親之間的孺慕情
無法形容，天旨落實母子情。

老師曾指時空有三層次，不同於物理的時空二分，德行實踐可超越時空。或許這就是多年後，每到竹子湖，我們總會去玉瀧谷吃野菜喝地瓜湯的原因，再指指前方，說上次和老師師母來，枇杷木瓜還沒這麼高，還可以看見落日和臺北市景。當時的風聲水聲

炒菜聲，一下子奔到跟前。原來，懷念一個人的方式，是這個樣子。又像多年後的某個晚上，伸筷子夾碟子裡的剝皮辣椒，會念起有一次到書院還書而被老師留下來晚餐，白麵白魚白蘿蔔，正宗三白。

中道獨復，大人遠矣。但又好似聽得到一〇四年七月十八日易經課上无妄大畜兩卦，老師說他對今天的自己有一點不滿意，因爲他對負面的事仍有一點生氣。聽得到一〇二年十月廿五日，老師師母在慈濟大學人社院，用古德的話「伶俐心是藥忌」，叮嚀我不要輕易洩天機。聽得到，把「德」打開，自我尊嚴就出來；面對「道」，生命就是大氣、開放。而安靜中的慢，最接近自己。

*

把三十五講的上課錄音謄爲文字，沒啥技巧性，就是一門傻工夫。一般人乍看文字稿，也多認爲「沒什麼」，或覺得「沒學問」，然此中實有大消息。不然，老師不會在看了第二講以後，直說「這份文字稿，價值不低」。

若以學術規格來看，王老師的文章肯定不太符合標準，甚至很多引用文獻也是想當然爾或自出機杼。如，〈「明珠在懷」的根本源頭〉找到三十八條有誤，〈未占有孚——易經的中心思想〉找到一百九十三條。老師自己也說，時報文化出版《中國建築備忘錄》，編輯幫他找出二百多條。其實，文獻引用有誤的例子，何止這些！但這又何妨，老師貼緊生命的學問、面對經典的創新性詮釋，我的喜歡是眞的喜歡。曾負責編輯西格瑪刊物的劉又銘教授，也說王老師這個西格瑪老同學，「是善於讀書的讀者，善於消化，善於運用，然後有所創新轉化。從這點來看，念錯寫錯就不重要了」。

一〇四年三月七日易經課，老師說，惡，就是明知十字路口沒有路了，還硬要把人心往那裡頭帶，把這個字詮釋得很出彩。談中道，最喜歡的詞彙，就是《詩經・邶風・式微》的「中露」、「泥中」。一個人，老老實實在日常生活裡用心，切身躬行（行有尙），雖偶而也會像車輪一樣，陷入「泥中」（履錯然）；但只要「即時豁然，還得本心」（唯心亨），重新走回自己該走的路（復自道），終將不「中露」而有「中道今來」的體證。我深深覺得，這是對「中露」、「泥中」這兩個詞語，最具創造性的想像。

只要是人，就不會完美，王老師也一樣。但，這抹不掉他說的那些話，是眞的好。

點亮心神的話語：「巍，人的眞姿在心神。閑，才是主體的節奏。沒事，放空自在滿足簡單。興，一種無名的大志。」《明珠在懷》三十年後讀來，心光依然澄明。

《六祖壇經》記載：「惠能偈曰：『菩提本無樹，明鏡亦非台，本來無一物，何處惹塵埃。』書此偈已，徒眾總驚，無不嗟訝，各相謂言：『奇哉！不得以貌取人。何得多時，使他肉身菩薩。』祖見眾人驚怪，恐人損害，遂將鞋擦了偈，曰：『亦未見性。』眾以爲然。」每次讀到這個「徒眾總驚」、繼又「眾以爲然」，都深自警戒。我們的直心——第一時刻心裡直接跳出來，而未經思想的純天然的直覺——往往都很正確，都明白惠能的偈好；但台面上，主流價值的認定，又會讓我們肯定不起而把祂蓋住。《老子》說：「信不足焉，有不信焉。」所以，要懂得王老師東西的好，要很有程度。《易經．繫辭》：「往者，屈也；來者，信也。」也唯有切身躬行，落實日常，才不委屈良知委屈生命。

一〇九年三月廿五日，最後一次校《易經》文字稿。結束後，老師談到「伯樂像」上方的鐘鼎銘文，就是李賀的詩：「伯樂向前看，旋毛在腹間。只今掊白草，何日驀青山？」（〈馬詩〉其十八）可惜少人發現。我跟老師要了廿二日直播念的〈媽媽，天亮了沒有〉〈斑古的氣息〉兩首詩和〈童心、鄉愁、聖蹟亭〉一文，問了幾個問題，然後道別。走出書院，秀朗路二段廿四巷，暮靄薄陰：

我閒眼輕看，
心舐這些晚燈、夜霧；風、草、路、人
好像心會亙古的來去。
連我的一覺一筆、一呼一吸，
都沾上了斑古的氣息。
這神秘，
我好驚喜。

一一二年四月二日

國家圖書館出版品預行編目資料

回看天際 / 黃淑貞著. -- 初版. -- 新北市： 華夏出版有限公司, 2023.10

面； 公分. - -（Sunny文庫；323）

ISBN 978-626-7296-60-8（平裝）

863.55 112010977

Sunny 文庫323

回看天際

作　　者　黃淑貞
封面插畫　王鎭華老師
印　　刷　百通科技股份有限公司
　　　　　電話：02-86926066　傳眞：02-86926016
出　　版　華夏出版有限公司
　　　　　220 新北市板橋區縣民大道 3 段 93 巷 30 弄 25 號 1 樓
　　　　　電話：02-32343788　傳眞：02-22234544
E-mail　pftwsdom@ms7.hinet.net
總 經 銷　貿騰發賣股份有限公司
　　　　　新北市 235 中和區立德街 136 號 6 樓
　　　　　電話：02-82275988　傳眞：02-82275989
　　　　　網址：www.namode.com
版　　次　2023年10月9日初版一刷
定　　價　新台幣 520 元　（缺頁或破損的書，請寄回更換）

ISBN-13：978-626-7296-60-8
《回看天際》由黃淑貞授權華夏出版有限公司出版繁體字版